俺はゲームシナリオを
ぶっ壊して、
セルヴィアと共に
幸せになる未来を
手繰寄せてみせる
【世界樹の聖女】
セルヴィア・フェルナンド
「当て馬」悪役貴族
カイン・シュバル

剣術って、思った以上におもしろいな。
剣を振るった時の風切り音が、
鋭くなっていくのが自分でもわかる。
ドンドン強くなれるのが、
身体で実感できるなんて最高だな！

私のカイン兄様は、
やさしくて気高くて世界一かっこいい
1年後の武術大会で優勝するため、
ゲーム知識×努力で
最速レベルアップ！

【死の皇女】
アンジェラ・アトラス
あなたになど決して屈しないわ……殺せ。今すぐ殺しなさい！
えっ、くっ殺せ!?
アンジェラの『くっころ』なんて、二次創作でしか見たことなかった！感動！

勇者の当て馬でしかない悪役貴族に転生した俺

~勇者では推しヒロインを
不幸にしかできないので、
俺が彼女を幸せにするために
ゲーム知識と過剰な努力で
シナリオをぶっ壊します~

こはるんるん
イラスト さくらねこ

CONTENTS

✦✦✦✦✦

Yusha no ateuma deshikanai
akuyakukizoku ni tennsei shita ore

1章　序盤で勇者に殺される悪役貴族に転生する

「ちくしょぉおおおッ！　その女は俺のモノだぞ、返せぇぇぇぇ！」

「セルヴィアは誰のモノでもないい。いい加減、彼女を解放してやるんだ！」

勇者アベルの剣が、悪役貴族カインに振り下ろされた。

「カイン兄様、ごめんなさい……私はアベル様と幸せになります」

「ああっ、これからはずっと、一緒だ。セルヴィア！」

勝利者となった勇者アベルは、カインの亡骸《なきがら》を見下ろし、美少女のセルヴィアと固く抱き合った。

セルヴィアは、カインの幼馴染《おさななじ》みで婚約者だったが、カインの歪《ゆが》んだ愛情にずっと苦しめられてきたのだ。

今、彼女は長年の呪縛から解放されたのだった。

☆☆☆

「……おかしいだろ、勇者。何が、これからはずっと一緒だ、だ」

俺は思わずボヤいた。明日も大学に行かねばならないのだが、俺は深夜までゲームをプレイしていた。

今、画面に映っているのは、ゲーム【アポカリプス】の序盤の名シーンだった。

だけど、ゲームプレイ10周目の俺は、まったく感動できなかった。

なぜって、勇者アベルはこの後も、こんな調子で、次々に美少女たちを救っては仲間にしてハーレムを築いていくのだ。

その際、勇者アベルは、ヒロイン全員に『キミは僕が守る!』『キミを苦しめる者は誰だろうと僕が許さない!』とか、愛の告白としか思えないセリフを吐く。

セルヴィアは、最初こそメインヒロイン扱いだったのに、そのうちハーレム構成メンバーその1くらいの扱いになっていく。

各ヒロインとのラブコメシーンが挟まれるも、勇者アベルは超鈍感×難聴であるため、誰とも距離が縮まらず、ハーレムエンドで終わるのだ。

今回、公式SNSで最後の大型アップデートが入ったという告知があったが、それはセルヴィアとの幸せエンドの追加ではなかった。

……なあ、俺はセルヴィア目当てで【アポカリプス】を買って、このゲームに人生を捧《ささ》げてきたのに、さすがにこれは酷《ひど》くないか？

ゲーム画面ではセルヴィアが旅立ちの前に、カインの墓にかすみ草の花束を捧げているシーンが映された。墓石には『dear brother』という文字が書かれていた。『親愛なる兄』という意味だ。

セルヴィアと彼女を奴隷のように扱って虐待してきた悪役貴族カインは、かつては兄妹《きょうだい》のように仲睦《むつ》まじい関係だったらしい。

そのカインを倒してしまったことに、セルヴィアは罪悪感を抱き続け、エンディング後も、かすみ草の花を供えにこの墓にやってくることになる。

「ちくしょうぉおおおッ、全然ハッピーエンドじゃないだろ、こんなの……！」

俺はセルヴィアのその姿を見て、胸がめちゃくちゃ傷んだ。

セルヴィアの心の傷を、俺が癒やしてやりたかったのに、俺の分身である勇者アレスは、セルヴィアに寄り添うどころか、ヒロインみんな大好きとか公言するハーレム野郎ときたもんだ。

俺はセルヴィアをこの手で幸せにしてやりたかったんだよぉおお！

周回特典は、ステータスの引き継ぎだけで、セルヴィアとの隠しシナリオや、追加エピソードもないって、どういうことだよぉおお！

最後のアプデが入った10周目をクリアしたら、もう卒業するかな。

そう思って、俺はゲーム機の電源を落として寝ることにした。

☆☆☆

次の日——

「どうなっているんだ。これは……」

俺は姿見に映った、目付きの悪い少年に絶句していた。

これは断じて、俺の姿ではない。

だが、見覚えがないわけではなかった。

ゲーム【アポカリプス】で勇者アベルに殺される哀れな当て馬、悪役貴族カインにそっくりだった。

「ま、まさか、これは漫画やアニメでよくある転生じゃないか……？」

寝ている間に、突然死でもしてしまったのだろうか？

しかも、よりによって、当て馬キャラとしてネット上でネタにされているカインに転生だって？

激しく混乱していると、背後の扉がノックされた。

「あっ、はい」

条件反射で返事をすると、燕尾服《えんびふく》を一部の隙もなく着た執事が顔を出した。

「カイン坊ちゃま、婚約者のセルヴィアお嬢様が、ただいま到着しました」

「はぁあああぁッ!?」

振り返った俺は、危うく腰を抜かしそうになった。

続いて入ってきたドレス姿の美少女は、【アポカリプス】のメインヒロイン、セルヴィアその人だったのだ。

「しっ、失礼します。カイン兄様、お久しぶりです」

セルヴィアは気負いすぎていたためか、ドレスの裾を踏んで躓《つまず》きそうになった。彼女は一瞬だけ慌てるも、すぐに優雅な立ち振る舞いに戻って、カーテシー《お辞儀》をする。

うぉっ、か、かわいい。思わず胸が高鳴った。

ゲームの公式サイトのセルヴィアのキャラデザが最高だったので、一目惚《ひとめぼ》れして通販サイトで【アポカリプス】をポチッてしまったのだが……リアルのセルヴィアたるや、可愛《かわい》さが神がかっていた。

「フェルナンド子爵の長女セルヴィア・フェルナンドです。またお会いできて光栄です」

セルヴィアの頬は、上気しているように見えた。

うわっ、ゲームでもよく知っていたけど、礼儀正しくて本当に良い娘《こ》じゃないか。

さすが、俺の最推しヒロインだ！　まさに天使が降臨！

あれ？　だが、待てよ……

セルヴィアの姿は、ゲームの立ち絵より幼く見えた。それは鏡に映ったカインも同様だった。

俺は必死に記憶を思い返した。

確か、カインはゲーム開始の３年前、15歳の時にセルヴィアと婚約しているのだ。

ってこれは、アレだな。

このままゲームシナリオが進めば、俺は３年後に勇者アベルに殺されるんだな。

そのことに気づいて、愕然《がくぜん》とする。

「……カイン兄様？　どうかなさいましたか？」

俺が呆《ほう》けて固まってしまったのを見て、セルヴィアは不安に思ったようだった。顔を曇らせる。

だが、俺はカインとしての記憶と、前世の記憶が混濁し、状況を把握するのに手いっぱいだった。

俺にはカインとして生きてきた15年間の記憶と経験がある。どうやら目覚めた瞬間、ゲーマーだった前世の記憶をいっぺんに思い出してしまったらしい。

よし、落ち着いて状況を整理しよう……

元々、カインとセルヴィアの家は、隣接領の領主同士で、お互いの繁栄のために、俺たちは生まれた時から結婚することが決まっていた。

しかし、今から1年前、カインが14歳、セルヴィアが13歳になった時に、セルヴィアが【世界樹の聖女】であるという神託《しんたく》が降りた。

それを知ったこの国の王太子レオンは、俺からセルヴィアを奪って無理やり婚約者にした。

だが、セルヴィアが聖女の力を使えないことがわかるとレオン王子は激怒し、セルヴィアとの婚約を破棄して王宮から追放したのだ。

そして、俺たちは元《もと》の鞘《さや》に収まることになった。

「レオン王子に婚約破棄された私を再び受け入れてくださったこと、感謝いたします。私は、この日を待ちわびていました。どうか婚約者として末永く、よろしくお願いいたします」

「あっ、ああ……」

だが、セルヴィアは知らなかったが、カインはレオン王子から、王家を謀《たばか》った偽聖女セルヴィアを徹底的にいじめ抜いて自殺に追い込めと命令されていたのだ。

そうすれば、次期国王たる自分の右腕に取り立ててやると……

小物のカインは喜んでレオン王子に尻尾を振り、これから3年間セルヴィアをいじめ抜くのだ。

それは出世欲というより、セルヴィアが自分を裏切ってレオン王子を選んだと思い込んだことが大きい。

子供じみた嫉妬と、セルヴィアの生殺与奪の権利を握っているという歪んだ独占欲がそこにはあった。

本当はセルヴィアのことが好きなのに、カインはバカとしか言いようのない男だった。

「カイン兄様、お顔が真っ青ですよ？　も、もしかして、どこかお加減が悪いのですか？」

「あっ、いや、そういうわけじゃないんだが……」

ゲームでは、セルヴィアはカインに虐待される毎日から抜け出すために、勇者アベルに助けを求める。

セルヴィアは、アベルと恋に落ちたことがきっかけとなって、眠っていた聖女の力に覚醒するのだ。

そこまで思い出した瞬間、俺の胸の中は理不尽な思いでいっぱいになった。

ここまで恋愛フラグを立てておいて、セルヴィアを選ばずにハーレムエンドだと……!?

そんなヤツに、俺のセルヴィアを任せておけるか！

この時、カインとして生きてきた俺と、前世のゲーマーとしての俺の気持ちがひとつになった。

「セルヴィアがあまりにもキレイになっていたから、びっくりしたんだ。俺の方こそ婚約者として、よろしく頼む！」

そうだ。俺がこの手で、セルヴィアを幸せにしてやれば良いんだ。

そうすれば、俺が勇者アベルに殺される未来も変わって、完全なハッピーエンドだ。

するとセルヴィアは、パッと顔を輝かせた。これまでの、どこか警戒し緊張するような素振りが消える。

「あぁっ……！　ありがとうございます。……レオン王子といっときでも婚約したことを、許してもらえないのではないかとずっと不安に思っていました……。うれしいです！」

そ、そういうことか。

セルヴィアは、カインに再び受け入れてもらえるかずっと不安だったんだな。

確かに、ゲーム本編のカインは、

『よくも俺を裏切ってレオン王子に媚《こ》びを売りやがったなセルヴィアァァァア！　一生奴隷にして飼ってやる！　ひざまずけぇぇぇえ！』

などと、セルヴィアに対してブチ切れまくっていたからな。

「私がこの1年間、ずっとカイン兄様を想《おも》っていたのと同様に、カイン兄様も私のことを変わらずに想っていてくださったのですね！」

セルヴィアは花がほころぶような笑顔を見せる。

その声は、ゲームでは聞いたこともなかったくらいに弾んでいた。

セルヴィアは、兄とも慕っていた婚約者のカインを打ち倒してしまったことに、ずっと罪の意識を抱いてるキャラだった。

ああっ、そうか……

セルヴィアはカインを裏切る気持ちなど、微塵《みじん》もなかったんだ。カインのことを本当に愛していたんだな。

それなのにカインは、自分のことしか考えていなくて、彼女の想いに気づけなかったんだ。

心に温かいものが広がるが、同時にセルヴィアの言葉の意味を理解して、頬が熱くなってしまう。

俺の最推しヒロインが、俺のことを好きだなんて、夢にまで見たシチュエーションだ。

「カイン兄様。今夜は子供のころみたいに、同じベッドで夜通し語らいながら眠りましょう」

「ちょ、ちょっと待て!?　まだ俺たちは婚約したばかりで、結婚したわけじゃないから。同じベッドとか、駄目でしょうが!?」

俺は慌ててセルヴィアをたしなめた。

14歳の少女と同衾《どうきん》とか、ヤバすぎるというか逮捕案件だぞ。

いくら最推しヒロインだからといって。いや、最推しヒロインだからこそ、軽々しくそんなことはできない。

「むっ……カイン兄様の腕を枕にして眠るのが好きだったのに」

セルヴィアは唇を尖《とが》らせ、甘えたような態度を取る。

「もう子供じゃないんだから、そんなことはできないんだよ！　淑女にあるまじき、だろ？」

「わかりました。カイン兄様が、そうおっしゃられるなら……」

肩を落として、セルヴィアは残念そうだった。

「でも、今夜は久しぶりにカイン兄様とゆっくり語らいたく思います。兄様はお変わりないどころか……なんだか、前より雰囲気がお優しくなった感じがします」

「そ、そうか……」

それは俺が、前世の記憶と人格を取り戻したせいだろうな。

以前のカインは、伯爵家の跡取り息子であることを鼻にかけて威張っていたが、今の俺にはそんな恥ずかしい真似はできない。

セルヴィアは昔から、とんでもない美少女だったので、彼女の尊敬を勝ち得たくて、『困ったら俺を頼れ！』とか、『いずれ辺境伯となる俺が守ってやる！』などと、調子の良いことを言っていた記憶がある。

「シュバルツの叔父様にも、先ほどご挨拶しましたが、私を快く受け入れてくださいました。これからはワシのことを父と呼べとのことです」

「父上が……？」

ここで俺は重要なことに気づいた。

レオン王子からの『王家を謀った偽聖女セルヴィアを虐待して自殺に追い込め』という命令は、俺だけじゃなく、当然ながらシュバルツ伯爵家当主である父上にも届いていた。

父上は隣接領のフェルナンド子爵家との友好関係より、次期国王であるレオン王子に気に入られることを選んだ。

伯爵家全体でセルヴィアをいじめ抜く手筈《てはず》になっており、それは今夜の歓迎の宴《うたげ》から開始される。

父と呼べ、と父上が言ったのは、受け入れられたと思ってから落とした方が、セルヴィアに精神的な打撃を与えられるからだ。

……そんなことは絶対に許しておけない。

なにより、レオン王子の目論見《もくろみ》を潰さなければ、結局ゲームシナリオ通りに物事が進むことになる。

それを避けるためには……。

「……カイン兄様？」

俺は机の引き出しを漁《あさ》って、レオン王子から届いた手紙を探し出した。

あった。これだ。

「あっ、その封蠟《ふうろう》は、王家の紋章ですか？」

セルヴィアが、何をしているのかと覗《のぞ》き込んでくる。

「セルヴィア、落ち着いてこの手紙を読んでくれ。レオン王子からの密書だ」

彼女は手紙に目を走らせて、息を呑《の》んだ。

『セルヴィアは、自らを【世界樹の聖女】と王家を謀り、余の婚約者となったばかりか、許しがたい暴言を余に吐いた。婚約破棄するだけでは、余の腹の虫が収まらぬ。

カイン・シュバルツ、貴様の婚約者として受け入れた上で、徹底的に痛めつけ、絶望を味わわせて自殺に追い込め。これを成せば余の右腕として、取り立ててやることを約束しよう。

レオン・アルビオン』

最後に王子の署名と、王家の紋章が捺印《なついん》されていた。

「ああっ、カイン兄様、こ、これは……ッ!?」

セルヴィアは驚愕《きょうがく》し、身をガクガクと震わせた。俺を見上げる目尻に、涙を浮かべる。

俺は毅然《きぜん》と言い放った。

「安心してくれ。俺はこんな命令には従うつもりは、まったくない」

「えっ……?」

「子供の頃、約束しただろう？　困ったら俺を頼れ。俺が守ってやるって」

俺はレオン王子の手紙をビリビリと破り捨てた。

床に落ちた手紙の残骸を踏みつけて、宣言する。

「改めて約束する。セルヴィアのことは、何があっても絶対に俺が守る。俺はセルヴィアを幸せにしたいんだ」

今の俺の行為は、バレれば王家に叛意《はんい》ありと見做《みな》され、反逆罪に問われかねないことだ。

これで後戻りはできない。

俺はゲームシナリオをぶっ壊して、セルヴィアと共に幸せになる未来を手繰り寄せてみせる。

このゲームをやり尽くした俺ならできるはずだ。

「……カ、カイン兄様ぁッ！」

セルヴィアは俺に抱きついて、大号泣しだした。

「ああっ、えーと、セルヴィア？　……ごめん、大丈夫か？　驚かせて悪かった。早急に話しておきたかったから……」

落ち着かせようと頭を撫《な》でてやったが、ちょっとやそっとじゃ、泣きやみそうにない。

こ、困ったな。もう歓迎の宴まで時間がない。

父上と直談判《じかだんぱん》する前に、何を言ってレオン王子を激怒させたか、知っておきたかったんだけど……

よく考えてみれば、レオン王子の命令は変だった。

わざわざ、セルヴィアを俺の婚約者にした上で虐待しろとは、手が込みすぎている気がする。

実は教会の神託が間違いで、セルヴィアは聖女ではなかった。聖女だと王家を騙《だま》したから許せないというなら、その罪で処断すれば良いだけじゃないか？

王家の権限なら簡単なはずだ。

このあたりはゲームではちゃんと描かれていなかったので、わからなかった。

「ランストロット、来てくれ！」

「はっ、カイン坊ちゃま、いかがなさいましたか？」

俺が大声で呼ぶと、すぐさま部屋に執事のランストロットがやってくる。

「セルヴィアを部屋に案内して、落ち着かせてやってくれないか？　俺は父上と大事な話があるんだ」

「はっ！」

父上と話して、セルヴィアへの虐待を完全にやめさせなければならない。

そうでなければ、レオン王子の思惑を挫《くじ》くことはできない。

だが、生半可なことでは、シュバルツ伯爵家の利を重視する父上を説得できないだろう。

「セルヴィア、悪いがまた後で……」

「うううう、は、はい、カイン兄様……」

「さっ、セルヴィアお嬢様、こちらへ」

セルヴィアはランスロットに手を引かれて、名残《なご》り惜《お》しそうに部屋から出ていった。

俺はそれを見届けると、破ったレオン王子の手紙を拾い集める。

父上を説得するための切り札のひとつが、これだった。

◇◇◇セルヴィア視点◇◇◇

「大丈夫でございますか、セルヴィアお嬢様。この後、歓迎の宴がございますが……」

「はい……歓迎の宴には、必ず出席します。しばらく、ひとりにさせていただけませんか？」

「はっ！　何かご入用でしたら、なんなりとお申しつけください」

執事のランスロットは、ていねいに腰を折って、退出しました。

案内された部屋でひとりになった私は、多少冷静さを取り戻しました。

といっても、まだ気持ちが入り乱れています。

「まさかカイン兄様が、レオン王子に逆らってまで、私を守ってくださるなんて……」

一度、婚約を解消した上に、偽聖女の烙印《らくいん》を押された私が、カイン兄様に受け入れてもらえるか、ずっと不安でした。

それを快く歓迎してくれたどころか、レオン王子からの命令まで拒否してくれるなんて……駄目です。

思い出すだけで、涙が止まりません。

この後、シュバルツ伯爵家の家族一同が集う歓迎の宴に出るため、早急に心を鎮めなければなりません。

私は周囲に人の気配がないことを注意深く確認しました。

どうやら大丈夫そうです。

「【パッションフラワー】召喚」

念じると、私の手元に青と白の交じった美しい花が出現しました。

強い鎮静作用のある植物【パッションフラワー】です。

効能を強化したその香りをかぐことで、私はようやく平常心を取り戻しました。

これが1年前に覚醒した【世界樹の聖女】の力。ありとあらゆる植物を意のままに召喚して、操る能力です。

『聖女セルヴィア、貴様の役目はアトラス帝国に凶作と破滅を。我が王国には豊穣《ほうじょう》と繁栄をもたらすことだ。そのために、余の婚約者にしてやったのだ。光栄に思うがいい！』

王宮で私を迎えたレオン王子の第一声がソレでした。

彼は【世界樹の聖女】の力を、敵国との戦争に利用しようとしていたのです。

でも、そんなことは絶対に嫌でした。

聖女の力は、すべての人々を救済するために神様から与えられたものです。それを大量殺戮《さつりく》のために使うなんて、信じられません。

なにより、私は愛するカイン兄様と結ばれたかった。

だから、この1年間、何をされても決して【世界樹の聖女】の力を使わずに、王宮の者たちに自分を偽聖女だと思い込ませました。

そうすれば、レオン王子から婚約を破棄され、カイン兄様の元に帰れると考えたからです。

やがて人々から、私はレオン王子をたぶらかした偽聖女だと罵倒されるようになりました。

狙い通りです。

しかし……

『セルヴィア。偽聖女とはいえ、お前は美しい。喜べ！　妃《きさき》にすることはできんが、余の愛人として、余を愛することを許してやろう。子爵令嬢風情には、この上もない栄誉であろう!?』

レオン王子は、こともあろうに私を愛人にすると、言い出したのです。

しかも、酔った勢いで、私を押し倒そうとしました。

『兄様！　カイン兄様！』

私は恐怖し、思わず絶叫しました。

『なんだ？　余が抱いてやろうというのに、他の男の名を叫ぶだと？』

『……！』

私が愛しているのはこの世でただひとり、カイン兄様です、と叫んでやりたかった。

でもそうすると、カイン兄様にも害が及んでしまう可能性がある……！

私は、迫り来るレオン王子に必死で抵抗し、絶対にあなたには屈しないと全力でレオン王子を睨《にら》みつけてやりました。

『き、貴様ッ！　余を愚弄する気か⁉　せっかく余が温情をかけてやったというのに……ッ！』

レオン王子にとっては、それは無価値な偽聖女に対する温情であったようです。

『……このような屈辱は生まれて初めてだッ！　おのれぇぇぇぇッ！　必ず後悔させてやるぞ、偽聖女め！』

レオン王子は激高して、立ち去りました。

その後、私は王宮のパーティで、レオン王子から偽聖女と断罪されて、婚約破棄を言い渡されたのです。

「……ごめんなさいカイン兄様、私がうかつだったばかりに」

あの時、乱暴されそうになって、思わず、ずっと胸に秘めてきたカイン兄様の名前を叫んでしまいました。

そのために、カイン兄様を巻き込んでしまうなんて……

おそらくレオン王子は、カイン兄様の手で私を死に追いやることが、私に対する最大の復《ふく》讐《しゅう》になると考えたのでしょう。

自分のあまりの愚かしさと、罪悪感に押し潰されそうになります。

でも……うれしかった。

同時に、抑えきれない喜びが溢《あふ》れてきます。

だって、カイン兄様も、私を変わらずに愛してくださっていたのですから。

「あの時、カイン兄様に渡した私の手紙の意味は……ちゃんと兄様に伝わっていたのですね」

レオン王子の婚約者として、王宮へと召し上げられる前日、私はカイン兄様に手紙を送りました。

婚約者であったカイン兄様に会うことは許されなかったからです。

当然、手紙は検閲されるため、カイン兄様に直接想いを伝えることはできませんでした。

『カイン兄様、私はレオン王子の婚約者となります。どうか、いつまでもお元気で』

そう書いた手紙の封筒に、白いかすみ草の花を紛れ込ませました。

かすみ草の花言葉は『永遠の愛』です。

「カイン兄様。セルヴィアは何があっても、あなただけを永遠に愛します」

◇◇◇カイン視点◇◇◇

「レオン王子の命令を拒否して、セルヴィアを家族として歓迎するだと？　カイン、お前は何を言っているのだ？」

父上は目を瞬《まばた》いて、呆気《あっけ》に取《と》られた。

無理もない。

可愛《かわい》さ余って憎さ百倍で、昨日までの俺はセルヴィアをいじめる気満々でいたからな。

「せっかく次期国王たるレオン王子に取り入るチャンスであるのだぞ。偽聖女の小娘に義理立てする価値などなかろう?」

父上はまるで理解できないといった表情で、俺の要求を突っぱねた。

「あの娘は、レオン王子の命令通りに虐待していればいずれ自殺する。それからお前には、もっとふさわしい婚約者を探してきてやろう」

「いいえ、父上。教会の神託を受けたセルヴィアには、まだ【世界樹の聖女】である可能性が残されています。長い歴史を見れば、10代後半になって、ようやく聖女の力に覚醒した例もわずかですが、ございます。ここであの娘を切り捨てるのは時期尚早ではないでしょうか?」

俺は人の悪そうな笑みを浮かべた。

父上は、利にさとい貴族だ。情では決して心を動かされない。

セルヴィアを家族として迎え入れることが、シュバルツ伯爵家に破格の利益をもたらすと説得せねばならなかった。

そのために、俺は伯爵家の利益しか考えていないというフリを徹底することにした。

「ふむ……?」

父上は多少、興味があるような素振りを見せた。

アトラス帝国との国境の守備を任されている辺境伯である父上は、王家に絶対的な忠誠を誓っているわけではない。

アトラス帝国の皇族、貴族とも交流を持ち、いざ自分の立場が危うくなれば、帝国に寝返ることも算段に入れているような男だった。

そのツボを押さえた提案をする。

「3年ほど様子を見て、それでもセルヴィアが【世界樹の聖女】の力に目覚めなければ、その時こそレオン王子の命令通り、いじめにいじめ抜いて自殺に追い込めば良いではないですか？ここは王家の目が届きにくい辺境の地、レオン王子には偽の報告を送っておけば、いかようにも誤魔化せましょう！」

まさに悪巧みをする悪役貴族のノリだった。

3年と期限を区切ったのは、ゲーム本編がスタートする3年後の世界には、父上は存在しておらず、カインが領主となっていたからだ。

おそらく、何かがあって父上は命を落とすのだろう。

それは俺にとって悲しいことであるが……今はこのゲーム知識を、セルヴィアを守るために利用させてもらう。

「【世界樹の聖女】には世界の命運を左右するほどの力があります。もしうまくいけば、その力を王家ではなく、我がシュバルツ伯爵家が独占できるのです。悪くない賭けだとは思いませんか？　そのために、せいぜい、あの小娘をたぶらかしてやりましょう。アハハハハッ！」

ゲームのカインを真似て、悪役貴族らしく大笑いしてみせた。

「なるほど……一理ある。お前も知恵が回るようになったなカイン。さすがは、ワシの息子だ」

父上はニヤリと口の端を吊《つ》り上《あ》げた。

「お褒めにあずかり光栄です」

「だが、レオン王子はセルヴィアに対して、たいそうご立腹のようだ。もし、我らがレオン王子の命令を無視していることがバレたら、下手をすればこの家は取り潰されるやもしれぬ。リスクを考えれば、あまり分の良い賭けだとは思えんな……」

くっ、やはり、そうきたか。

セルヴィアが聖女として覚醒する可能性があるなどと説明したところで、王家が否定している以上、噴飯物の強弁だろう。

ならば、こちらも切り札を使おう。

「父上、父上はいつまで、アルビオン王家の風下に立っているおつもりですか？　今、まさにシュバルツ伯爵家には栄光の風が吹いてきているというのに……！」

「なに!?　どういうことだ？」

「実は、私の手の者が、領内でミスリル鉱山を発見しました。これがあれば、強力な軍隊と莫《ばく》大《だい》な金が手に入ります。今、まさにシュバルツ伯爵家は勇躍する時！」

領内のミスリル鉱山は、ゲーム後半にならないと解禁されない隠しエリアだった。

超強力なミスリル装備が序盤から使えたらゲームバランスが崩壊するからな。

だが、物理的に存在しているなら、おそらく発見できると思う。

「それは本当か!?　ミスリル鉱山だと!?」

「もちろん本当です」

瞠目《どうもく》する父上に対して、俺は胸を張って答えた。

「父上。ミスリル鉱山の存在を王家に報告しますか？　下手をすれば採掘権を奪われたり、重税を課せられたりするのではありませんか？」

「むっ……」

「それよりも、ミスリルを秘密裏に採掘し、それで強力な軍隊を組織してしまった方が良いのではありませんか？　そうなれば、王家もシュバルツ伯爵家を無下にはできないでしょう。いざとなれば、ミスリルを交渉材料に、アトラス帝国にもっと良い待遇で迎え入れてもらうこともできるはずです」

「……確かにその通りだ。なるほど、今は運が向いてきている時期ということか」

父上は考え込んだ。

合理的な考えをする父上だが、人生には波があって、チャンスが来たら迷わず乗れとも常日頃から言っていた。

「ミスリル鉱山は、隣の領地フェルナンドとの境目にあります。つまり、ミスリル鉱山の存在を隠すには、セルヴィアの実家フェルナンド子爵家の協力が必要不可欠なのです。ここはセルヴィアと信頼関係を築いた方が得策かと……！」

「そ、そうか！　そういうことであるなら話は別だ。カインよ。セルヴィアに対して、機嫌を損ねぬよう、ていねいに接したか？」

見事な掌返《てのひら》しだった。ちょっと呆気に取られてしまう。

だが、ここで油断はできない。さらなる駄目押しをせねば……

「もちろんです。それどころか、私を完全に信用させるべく、手を打ちました」

俺はポケットから、破いたレオン王子からの手紙を取り出した。

「そ、それはまさか……!?」

父上の驚愕は大変なものだった。

「はい、レオン王子からの密書です。これをセルヴィアに見せた上で破り捨て、レオン王子の命令には従わない、セルヴィアは何があっても俺が守り抜くと、宣言しました。セルヴィアは俺に惚《ほ》れていましたからね、涙を流して喜んでいましたよ」

俺は鼻で笑って、心にもないことを言ってのけた。

これで、父上は退路を断たれた。もはや、俺の提案に乗る以外の道はないはずだ。

なぜなら、セルヴィアがこのことをレオン王子に報告したら、シュバルツ伯爵家は間違いなく断罪されるからな。

「いや、しかし、それは……！　い、いや、そうか。フェルナンド子爵家との友好関係を考えれば、最良の手ではあるな……」

「その通りです。信用を得るため、あえてこちらの弱みとなる秘密を握らせたのです」

娘が偽聖女だったということで、フェルナンド子爵家は、他の貴族から白い目で見られて、孤立している。

そのような状況の中で、シュバルツ伯爵家が王子の命令よりも、自分たちとの関係を重視してくれたとなれば、絶対に裏切ることのない味方となってくれるに違いない。

元々、俺とセルヴィアの幼い頃からの婚約はフェルナンド子爵家との友好関係強化のためだったわけだし。自然な流れだろう。

「父上、この際、ハッキリ申し上げましょう……っ！」

俺はここで言葉を切って、父上の目を真っ直《ます》ぐ見つめた。

「このような密書を送ってくるということは、レオン王子は我がシュバルツ伯爵家を侮っているということです。ミスリル鉱山と【世界樹の聖女】の両方を手に入れ、王家をも上回る権勢を誇る大貴族を目指そうではありませんか!?」

俺は胸を張って吠《ほ》えた。

独立独歩の精神の強い父上には、この上なく効くはずだ。

「……そ、そうか、わかった。貴族たる者、常に冷静に世の中の動向を見極め、時に危ない橋を渡っても果敢に利益を取っていかねば、没落は免れないからな」

父上は破顔してみせた。

「お前が次期当主として、ここまで成長してくれて、ワシはうれしく思う」

「では、父上、今夜の宴では、セルヴィアを我がシュバルツ伯爵家の一員として、温かく迎え入れてあげましょう。何事も最初が肝心ですからね」

「無論だ」

その言葉を引き出せて、俺はほっと胸を撫で下ろした。

これでセルヴィアが、この家で虐待されることはなくなった。

セルヴィアがゲーム本編のような陰のある笑みを見せることは、もう決してないだろう。これで彼女は、本当の笑顔を取り戻してくれるはずだ。

その顔を早く見たいと、俺は思った。


「り、立派だわカイン！　私、感動しちゃったわ！」

「おわっ!?」

父上の部屋から退出すると、エリス姉上が俺を抱きしめてきた。

「レオン王子の命令よりセルヴィアとの愛を取るなんて、まるでおとぎ話のヒーローのようだわ！　カッコいい！」

　エリス姉上は、金髪碧眼《へきがん》の目の覚めるような美少女で、16歳という年齢に不釣り合いなほど育った胸がヤバい。

　いや、それよりも、今の父上との会話を聞かれていたのか？

「エリス姉上、盗み聞きとは感心しませんよ？」

　俺はそれとなく探りを入れてみた。

　俺が欲得のためにセルヴィアを婚約者として迎え入れたと姉上に誤解され、それが万が一にもセルヴィアに伝わったらヤバいからな……

「だ、だって、セルヴィアは大泣きしていたみたいだったし、何かあったんじゃないかと思って!?　あの泣き方は、酷い目に合わされたんじゃなくて、うれし泣《な》きでしょう？」

　エリス姉上はイタズラっ子のように微笑《ほほえ》む。

「セルヴィアをいじめるなんて、絶対に嫌！　って何度言っても、聞き入れなかったくせに。本人に再会して、愛が再び燃え上がっちゃった？」

　こ、この姉は……

　俺は、父上との会話を聞かれていたわけではなかったことに安心すると同時に、ゲンナリした気分になる。

　弟の恋愛事情に首を突っ込んできて、おもしろがっているな。

こっちは真剣勝負だってのに。

「ま、まあ、そうですね……！」

とはいえ、俺がセルヴィアと幸せになるためには、エリス姉上の協力も必要不可欠だ。

父上には利を説いたが、元々、王子からの命令に不快感をあらわにしていたエリス姉上には、俺の本心を知ってもらった方が良い。

「そういうわけですから、エリス姉上もセルヴィアには優しくしてあげてください。王宮で偽聖女扱いされて、深く傷ついているはずですから」

「おおぅ!?　そんな気遣いができるなんて、カインってば、超イケメン！　はい、はい！　もちろんよ。恋のキューピッドとして、セルヴィアとうまくいくよう取り持ってあげるから、安心してちょうだい！」

エリス姉上は満面の笑みを浮かべて、大はしゃぎしている。

ふぅ、これで姉上への対応はＯＫだろう。

セルヴィアのことは、家族全員で大歓迎してあげなくちゃならないからな。

「へへへっ！　カインってば、なんだかんだ言ってセルヴィアからの最後の手紙を大事に取っておいたもんね。本当に、あの娘のことが大大大好きだったのよねぇ!?」

「はいっ、そうですよ……っ！」

エリス姉上のテンションの高さに、俺は苦笑いするしかない。

だが、さすがは実の姉というべきか、その指摘は的を射ていた。

前世の記憶と人格を取り戻す前の俺は、セルヴィアに対して、愛憎入り混じった強い感情を抱いていた。

セルヴィアが再び俺の婚約者となると知った時、わざわざあの別れの手紙を取り出して読み返し、泣き崩れたくらいだからな。

……あ、あれ。ちょっと待てよ。

俺はその時、かすかな違和感を覚えた。

「……エリス姉上、つかぬことを聞きますが、かすみ草の花には、何か特別な意味がありますか？」

そう。確かあの時、封筒から、かすみ草の花がこぼれ落ちた……

しかも、その花びらは1年以上経《た》っているのに、枯れても萎《しお》れてもいなかったのだ。

「えっ、かすみ草？　ああっ、あの花にはね『永遠の愛』という花言葉があるのよ。素敵よね！」

……ああっ、クソ。そういうことか
ゲームのエンディングで、カインの墓にセルヴィアがかすみ草の花束を供えていたのに思い出す。

俺は唐突に理解した。

俺は……カインはとんでもない馬鹿だ。ゴミ以下だな。

「えっ、ちょ!? どこに行くのカイン!?」

俺は脇目も振らずに、自室に向かって走った。

それから机の引き出しを開けて、セルヴィアからの手紙を確認する。

封筒の中には、まだひとつだけ、かすみ草の花が入っていた。

瑞々《みずみず》しさを保った美しい花が。

こ、これは。やっぱり、そうか……

こんな芸当ができるのは、植物を支配する【世界樹の聖女】の力だけだ。

「ちょっと、どうしたのよ!?」

困惑して追いかけてきたエリス姉上が声をかけてくる。

だが、俺は自分の考えをまとめるのに没頭していた。

ゲームシナリオではセルヴィアが【世界樹の聖女】の力に目覚めるのは3年後、勇者アベルと出会ってからだ。

だが、もしすでにセルヴィアが聖女の力に覚醒していたとしたら?

セルヴィアは自らを偽聖女と、レオン王子を騙しきったことになる。

その動機は……多分、カインへの愛だ。

その証拠が、この枯れぬことなく鮮度を保ったかすみ草の花だ。

セルヴィアは自らが【世界樹の聖女】であることを俺にだけ明かすと同時に、『あなたへの愛は永遠に生き続けます』というメッセージを残したのだ。

もしかして、ゲーム中でメインヒロインであるセルヴィアと勇者アベルが結ばれなかったのは、セルヴィアがそれを避けていたからかもしれない。

……ああっ、クソ、本当にどうしようもない馬鹿だな、カインは。

こんなにも一途《いちず》な想いを寄せてくれていたセルヴィアを、レオン王子の手先になっていじめ抜こうとしていたのか。

「……エリス姉上、うかつにも歓迎会でセルヴィアに贈るプレゼントを用意していないことに気づきました。今から一緒にかすみ草の花を摘むのを手伝ってもらえますか？　花束にしてセルヴィアに贈ろうと思います」

「きゃーっ、素敵ぃいいい！　婚約者に贈るにはピッタリのプレゼントね。わかったわ。ラッピングは、お姉ちゃんに任せてちょうだい！」

エリス姉上は胸を叩《たた》いて請け負った。

だが、もう歓迎会まで時間がない。

俺たちは庭園の花壇で、急いでかすみ草を摘んだ。

後で庭師に怒られるかもしれないが、仕方がない。

エリス姉上がそれをブーケの形に整えてくれる。

服が多少、汚れてしまったが、もはや着替える余裕がなかった。

セルヴィアの待つ、歓迎会が開かれる大広間に向かう。

「カイン、何をやっていたのだ？　ギリギリだったぞ。大事な婚約者を待たせるでない」

中に入ると同時に、父上が俺をたしなめた。

どうやら、セルヴィアとふたりで和やかに歓談していたようだ。

正装のドレスに着替えたセルヴィアは、まるで月の女神のように美しかった。

一瞬、時が止まったように見惚《みと》れてしまう。

「申し訳ありません父上。セルヴィアに贈る花束を用意していましたので」

「あっ……カイン兄様。それは、かすみ草の花!?」

セルヴィアの目が大きく見開かれる。

「ごめん。俺は鈍感だから、1年前にセルヴィアからもらった手紙の意味を、エリス姉上の協力もあって、今しがたようやく理解したんだ。その返事が、この花束だ。受け取ってくれるか？」

女の子に愛の告白をするなど、前世も含めて初めての経験だった。

胸が痛いほど緊張したが、セルヴィアの想いに応えたい一心で、花束を差し出した。

「『永遠の愛』……はい、もちろんです。カイン兄様」

大粒の涙が、セルヴィアの頬を伝わり落ちた。

かすみ草のブーケを握り締めるセルヴィアは、小さな肩を小刻みに震わせていた。

「……私、今、幸せです……っ！」

セルヴィアは感情が高ぶりすぎて、短い返事をするのが、やっとのようだった。

あとは嗚咽《おえつ》になって、言葉にならなかった。

だが、これは始まりにすぎない。

ゲームでは決して幸せになれなかったセルヴィアを幸せにしてあげられるかどうかは、これからの俺の行動しだいだ。

俺が生きるか死ぬかよりも、そちらの方が、よほど重要だ。

なぜなら、こんなにも女の子から一途に愛されたことなど、前世を含めて一度もなかったのだから。

なにより、セルヴィアは俺の最推しヒロインだ。

彼女を決して不幸にしたくなかった。

「じゃあ、一緒に食事にしようか、セルヴィア！」

「は、はい……！」

セルヴィアの小さな手を取って、着席を促す。

彼女を偽りなく歓迎するための豪勢な食事が、テーブルで湯気を立てていた。

「セルヴィア、久しぶりね。エリスよ！　これからは、正式に家族の一員として、よろしくね！」

「うむ、先ほども伝えたが、今後はワシを本当の父と思うが良い。何があっても、シュバルツ伯爵家とフェルナンド子爵家は、変わらぬ盟友だ。共に手を携えていこうではないか！」

父上が調子の良いことを言っていた。

「はい、よろしくお願いします。叔父様……いえ、お父様、エリス姉様！」

セルヴィアは屈託のない笑みで応じる。

ああっ、これだ。俺はセルヴィアのこの笑顔が見たかったんだ。

それは前世の俺が決して見ることの叶《かな》わなかった幸福感に満《み》ち溢《あふ》れた笑顔だった。

こうして俺たちは、家族としての第一歩を踏み出したのだった。

◇◇◇セルヴィア視点◇◇◇

宴の後、私はカイン兄様に連れられて、ふたりで屋敷《やしき》のバルコニーにやってきました。

満天の星空が、私たちを祝福するかのように瞬《またた》いています。

「うわっ。きれいですね。カイン兄様！」

「……昔ここで、セルヴィアは俺が幸せにしてやるって。プロポーズしたことがあったよな」

「覚えていてくださったんですね。う、うれしいです」

もう8年ほど前の話でした。

あの時は、バルコニーで遊んだら危ないと、ふたりで執事のランスロットに怒られたのでしたっけ。

あの日の記憶は、輝かしい思い出として、いつまでも私の胸に残っています。

それからも、カイン兄様はいつも私を守ると言ってくださいました。

「あの日の思い出があったから、聖女として召し出された王宮で、どんなに辛《つら》い目にあっても耐えられました。私が愛するのは、この世でカイン兄様ただひとりです」

「うぉっ、ちょ。セルヴィアから、面と向かってそう言われると、うれしすぎて死にそうになるな」

カイン兄様は照れたように顔を真っ赤にしました。

「……と、ところで。セルヴィアが、本物の【世界樹の聖女】であることは誰にも伝えていない。俺も宴の直前に気づいて、大慌てしたんだ」

「直前に？　それでは、やはりカイン兄様は私が聖女だから婚約者として迎え入れてくれたのではなく。変わらずに私のことを愛してくださっていたのですね」

そのことを知って、私の心はどこまでも温かくなりました。

カイン兄様こそ、やはり私の理想の男性です。天の星々よりもカイン兄様の方が輝いています。

「ま、まあ。そうだな。セルヴィアのことは、一目惚れというか、ずっと好きだった。俺がこの手で、幸せにしてやりたかった」

カイン兄様は、照れ隠しのためか遠くに視線を投げながら言いました。

「改めて、口にするとすごい気恥ずかしいな。今さらだけど……」

「ありがとうございます。カイン兄様のために【世界樹の聖女】の力で、シュバルツ伯爵領に大豊作をもたらしたいと思いますが、いかがでしょうか？」

私は勢い込んで提案しました。

何かカイン兄様のお役に立ちたかったからです。

私を大歓迎してくれたエリス姉様やお父様に報いたいという気持ちもありました。

「ありがたいけど……万が一、それでセルヴィアが【世界樹の聖女】だとバレたら、レオン王子に連れ戻される恐れがある。今はまだ、それはしない方が良いな」

「わかりました。でも今はまだ、とは？」

「シュバルツ伯爵領は、これからミスリル鉱山の発見で空前の発展を遂げると思う。それから、俺自身も努力して誰よりも強くなる。もう誰にもセルヴィアを奪われないようにするために」

「……っ」

こ、このさり気なく繰り返される愛の言葉は反則ですよ。

私の頬がカッと燃えるように熱くなりました。

カイン兄様は、元々、かっこよかったのですが、この1年でかっこよくなりすぎです。

「聖女の力を公然と使うのは、それからだな」

「あっ、ありがとうございます」

「それで聞いておきたいだけど、何を言ってレオン王子を怒らせてしまったんだ？」

「……そ、それは。愛人になれと強要されて押し倒されそうになったので、思わずカイン兄様の名前を叫んでしまいました……」

「押し倒されたぁ!?　そ、それで、セルヴィアは大丈夫だったのか……!?」

「は、はい。レオン王子は怒って何もせず、部屋を出ていかれました」

カイン兄様は、静かな怒りを発しながら考え込みました。

「レオン王子は、セルヴィアの気持ちが未《いま》だに俺にあると知って。俺にセルヴィアを虐待させることで、セルヴィアに復讐しようとしたんだな」

「ごめんなさい。カイン兄様にご迷惑をおかけすることになってしまって……穴があったら入りたいです」

「いや、大丈夫だ。ごめん、言い方が悪かった。正直に話してもらった方が、対策が立てやすいから助かるよ。とすると多分、今後もレオン王子から嫌がらせをされる恐れがあるな。セルヴィアには偽聖女という弱みがあるし……」

「うっ……」

「いやいや、大丈夫だって。落ち込まないでくれ。俺に考えがあるから！」

私が激しく落ち込んでいると、カイン兄様は肩を叩いて励ましてくれました。

「まだ、公表されていないことだけど。1年後に、レオン王子主催の武術大会が開催されるんだ。優勝者には、レオン王子から望みの恩賞が与えられる。俺はソレに出て優勝を目指す」

「えっ？」

今まで王宮にいた私でさえ知らない情報でした。

カイン兄様は、王都から遠く離れた辺境にいながら、中央の情報を知る手立てを持っているのでしょうか？

やっぱり、カイン兄様はすごい人です。

「まあ、その大会には、勇者アベルってやばいヤツも出場するんだけど……大丈夫だ。今から最速で強くなれば、優勝は間違いない」

カイン兄様は力強く胸を叩きました。

「それでレオン王子に、『俺たちの結婚式にぜひ仲人として参加して、祝福の言葉を述べてください。偽聖女と王家を謀ったセルヴィアの罪は、なにとぞお許しくださいますよう』と願い出る。優勝者には望みの恩賞を与えるとレオン王子は約束しているんだ。まさか、公衆の面前で嫌とは言えないだろう？」

「なっ、なるほど」

それなら、今回のレオン王子の命令も無効化できます。

レオン王子が嫌がらせをしてくるとしたら、私の偽聖女の罪を突いてくるでしょう。

しかし、王家として私たちの結婚を祝福する、罪を許すと大衆の面前で宣言してしまえば、もう何もしてこられないはずです。

「でもカイン兄様は、武術や魔法などが使えるのですか？　あまり危険なことはしてほしくないのですが……」

カイン兄様が、剣技に闇属性力が付与《エンチャント》される強力なユニークスキル【黒月《こくげつ》の剣《けん》】を生まれ持っているのは知っていますが。

『俺はユニークスキル持ちの天才だから、努力なんてしなくて良いんだ！』

と、おっしゃられて、武術や魔法を学ぶことなどしていなかったと思います。

「大丈夫だ。俺は1年で最強になってみせる。俺がセルヴィアとの約束を破ったことがあったか？」

「そ、それは……今まで一度もありません」

「だろ？　それに、これならたとえセルヴィアが本物の聖女だとバレても、もう絶対にレオン王子に奪われることはない」

「あっ……」

そんなことを真顔で言われたらうれしすぎて、顔が火照《ほて》ってしまいます。

こんなにもカイン兄様に大事にされて……まるで夢を見ているかのようです。

「2回目のプロポーズですね。うれしいです。私はもう二度と、カイン兄様のそばを離れることはありません」

でもカイン兄様と繋《つな》いだ手の温《ぬく》もりが、これが夢ではなく、現実であると教えてくれていました。

もう決してこの手を離さないで済むように、私は切に願いました。

2章　ゲーム知識×努力で最速レベルアップ

次の日から、俺はさっそく屋敷の敷地内《しきち》でのランニングを開始した。

強くなるためには魔物を倒してレベルアップするのが一番だが、ゲームが現実となったこの世界では、おそらく死んだらおしまいだ。

殺されないように、十分な安全マージンを確保する必要がある。

そこで、まずは基礎体力作りから始めることにした。

体力と足の速さがあれば、魔物から逃げられるからな。

「うはぁっ……しんどい！」

だけど俺は怠惰な悪役貴族として、だらしのない生活を送ってきたツケで、ちょっと走っただけで息切れした。

特にこの1年間、荒れに荒れて暴飲暴食してきたからな。贅肉《ぜいにく》もついてしまっている。

そんな俺を屋敷のメイドたちは、冷ややかな目で見ていた。

「はぁ〜。なんでも1年後の武術大会で優勝すると大言壮語されたそうですが……」

「怠惰を絵に描いたようなカイン様に、そんなことができるはずもないわ」

「どうせすぐに挫折してしまわれるでしょう」

素行の悪かった俺は、メイドたちから嫌われており、ヒソヒソ声が聞こえてきた。

地味にへこむな。だけど、無視して走る。

1年後の武術大会は、ゲームのプロローグで触れられており、勇者アベルがその優勝者となる予定だった。

勇者アベルはこの世界の主人公であり、聖女セルヴィアを筆頭に、数々の美少女をハーレムメンバーに加えるという、まさに神から特別扱いされているチート男だ。

ヤツに勝つためには、1日だって無駄にはできない。

俺の最推しであるセルヴィアを、絶対に奪われるわけにはいかないからな。

「でも、なぜ旦那様はセルヴィアお嬢様を家族として厚くもてなすと、態度を180度変えられたのでしょうか？」

「それが、どうやらカイン様が旦那様に直談判したらしいわよ。セルヴィアお嬢様にかすみ草の花束を贈られて、絶対に俺が守ると愛を誓われたとか……」

「ええっ!?　それって、すごく素敵じゃないの!?」

「ちょっと私、カイン様のこと見直しちゃったかも！」

しばらく走っていると、メイドたちからの視線がキラキラとした熱いものに変わった。

あまりよく聞き取れないが、昨日の件が、急速に広まりつつあるみたいだ。

「カイン、がんばるのよぉおおおッ！」

大声と共に、エリス姉上が俺に駆け寄ってきた。美脚を惜しげもなく晒《さら》したショートパンツ姿だ。

セルヴィアも同じショートパンツ姿で、エリス姉上に一緒についてきた。セルヴィアの首には、犬のような鎖付きの首輪が巻かれていた。

うん、なぜ……？

「やっほー、カイン！　私たちもカインの特訓に付き合うわ！」

「ホントですか、姉上!?　ありがとうございます！」

俺のゲーム知識がこの世界で通用するか検証したかったので、これは非常にありがたかった。

ひとりでは、何か試すにも限界があるからな。

「カイン兄様！　昔、3人でやった追いかけっ子みたいで、楽しいですね」

長髪をなびかせて微笑むセルヴィアは、妖精のように愛らしくて、思わず胸が高鳴った。

セルヴィアが俺の婚約者だなんて、まさにできすぎた夢だな。

「あっ、ああ。昔にもどったみたいで、楽しいなぁ！」

咳払《せきばら》いして、思わずニヤけそうになるのを誤魔化す。

「カイン兄様、私はカイン兄様の所有物です。この首輪の鎖をしっかり握っていてください」

セルヴィアが俺に首輪の鎖を差し出して、爆弾発言を放った。

「はぁっ!?　ちょ……な、なんてことを言うんだセルヴィア!?」

「カイン兄様！　演技です。人目につく野外では、私は虐待されていることにしないと……」

「えっ、あっ。そ、そうだったな……」

今朝、お互いに話し合って決めたことだが、実際にやるとなると、かなりの抵抗があった。

だが、これも仕方がない。

なにしろレオン王子は、俺がちゃんと命令に従うか疑っているようだからな。

そう思わざるを得ないレオン王子からの贈り物と命令文が、今朝、届けられたのだ。

「エリス姉上、レオン王子から届いた魔導写真《カメラ》機は持ってきてくれましたか？」

「はい、はい！　これよ！」

エリス姉上が取り出したのは、レオン王子が『セルヴィアを苦しめている姿を写して送れ』と寄越してきた携帯型の魔導写真機――要するにカメラだった。

王国内に数えるほどしかない魔法のアイテムだ。

これで被写体を写すと、紙に静止画を転写することができる。カメラとプリンターが一体になったような魔法のアイテムだった。便利だな。

「これでバテバテになったセルヴィアを写して、『カインに首輪をかけられて虐待されているセルヴィアの絵』を用意すれば、バッチリね！」

エリス姉上が手を叩いて叫ぶ。

演技とはいえ、なんとも背徳的な行いだった。

思わず、生唾を飲み込んでしまう。

「……これもすべてカイン兄様との幸せな未来のため。がんばります」

セルヴィアはダッシュを繰り返して、フラフラになった。

「こ、こんな感じか……？」

俺は地面にへたり込んだセルヴィアの首輪を掴《つか》んで、傲然と彼女を見下ろした。

「はい、はい！　ふたりとも良い表情よ。カインってば、かわいそうな美少女を奴隷のようにコキ使って苦しめている悪役貴族の貫禄《かんろく》が出ているわ！」

「そ、そうですか……」

「でも、まだ照れがあるわね。カイン、ここは悪役貴族っぽいセリフを吐いて、表情を引き締めましょう！」

魔導写真機を握るエリス姉上から、演技指導が入った。

エリス姉上は、そういえば舞台監督か、脚本家になりたいとか言っていたな。なんか、熱が籠もっているぞ。

「なんだそのリクエストは……！」

こ、困ったな。

でも、これもレオン王子の目を欺いてセルヴィアを守り抜くためだ。

俺はゴクリと生唾を飲み込んで、ゲームのカインの名台詞《めいぜりふ》を放った。

「セルヴィア、お前は一生、俺のモノだ。逃げられると思うなよ」

「はい、カイン兄様。私は一生カイン兄様だけのモノです」

セルヴィアが涙目で俺を見上げる。

うお！　こ、このセルヴィアの表情は反則じゃないか。

嗜虐《しぎゃく》心と庇護《ひご》欲を同時にそそられて、なんともいえない気分になってしまう。

「おおっ、今のふたりの表情ＧＯＯＤ！　いいわよ、いいわよ！」

エリス姉上がそんな俺たちをノリノリで激写した。

「こ、これは本気で恥ずかしいな……」

「でも楽しいです」

そ、そうか。セルヴィアが楽しんでくれているなら良かった。

多少は罪悪感が和らぐ。

「次は、カイン兄様に縄で縛られているところとか、撮ってみたいです」

えっ……？

「い、いや！　そ、それは……本気でかんべんしてくれ」

「でも、そういうシーンも必要では……？」

セルヴィアは小首を傾《かし》げているが、いろいろと問題がありすぎだった。

これは絶対に武術大会で優勝して、変な演技をしなくても済むようにしないとな。

俺は決意を新たにした。

「カイン坊ちゃま！　朗報！　朗報でございます！」

突如、執事のランスロットが大声を上げながら駆け寄ってきた。

「坊ちゃまのおっしゃられた場所を兵に調べさせましたところ、未知の洞窟が……ミスリル鉱山が発見できましたぞぉおおおおッ！」

「おおっ、そうか……ッ！」

「これがあれば、この地は大発展を遂げますぞ！　旦那様も大変、喜ばれております！」

もし見つからなかったら、どうしようかと思っていたので良かった。

これでゲームと現実の土地が同じであることが、確実となったな。

「……ところで、何をされていらっしゃったのですかな？」

ランスロットは撮影会をしている俺たちを見て、困惑した顔になった。

「あっ、いや。これには深いわけが……」

セルヴィアに首輪をつけてドヤ顔していたら、誤解されるよな。

セルヴィアは汗だくで、荒い息を吐いているし……あ、怪しすぎる。

俺がこんな光景を目の当たりにしたら、速攻でおまわりさんに通報するだろう。

「そうよランスロット。これは、ふたりの愛の行為なのよ！」

「そ、そんな白昼堂々と!?」

「いや、そうだけど違う！」

エリス姉上のフォローになっていないフォローを、俺は慌てて否定する。

「……誤解しないでください。これはレオン王子の目を欺くためのものです」

「はっ、セルヴィアお嬢様。左様でございましたか。これは失礼いたしました」

「でも野外では、ちょっと過激だったかも知れませんね。反省します。カイン兄様、では緊縛は部屋で行いましょう」

「はぁあああああッ!?　いや、しないって！」

な、何を言っているんだセルヴィアは。意味がわかっているのか？

いや、必要かも知れないけど……ッ！

最推しヒロインに首輪をかけて所有物扱いするなんて、俺のメンタルは崩壊寸前だぞ。

俺は話題を強引に変えることにした。

「そ、そうだランスロット。実は頼みがあるんだ。ランスロットは元王国最強の騎士だったんだろう？　俺に剣を教えくれないか？」

ランスロットはゲーム内では、悪役貴族カインの護衛として、勇者アベルの前に立ちはだかった。

ぶっちゃけカインよりもはるかに強く、ランスロットとの戦闘は避けるように立ち回るのが、序盤クリアのコツだった。

「……ほう、剣でございますか」

ランスロットの眼光が鋭くなった。

「それは本気でおっしゃられているのですか？」

「もちろん本気だ。俺の目標は、王都武術大会で優勝することだからな」

「では、何かひとつでも、戦闘系スキルを習得してくださいませ。それが私の弟子となる条件でございます」

「わかった。すぐに達成してみせる」

「ほう？」

それを放言と受け取ったのか、ランスロットのまとう空気が苛烈さを増した。

「えっ？　スキルって、簡単には習得できないんじゃないの？　長い修行が必要なのよね？」

「カイン兄様、大丈夫なのですか？」

エリス姉上とセルヴィアが目を瞬く。

ゲーム【アポカリプス】では、達成困難な条件をクリアすることでスキルを習得できた。多くの場合、それは長く地道な修行が必要となる。

「……承りました。それではスキルが習得できましたら、お知らせください」

ランスロットは一礼して去っていった。

やれるものならやってみろ、とでも言いたげな背中だった。

「カイン兄様、私にお手伝いできることがあったら、なんでもおっしゃってください」

「はい、はい！　私も手伝うわよ！」

「ありがとう。ふたりが協力してくれるなら大助かりだ」

スキルの習得条件は確かにどれも厳しいが、抜け道があるものも存在していた。

俺たちは練兵場に移動する。

「それじゃ、エリス姉上、セルヴィア。ふたりで俺に向かって、ボールをどんどん投げて。ゆっくりで良いから」

「そんなんで、良いの？　オッケー！」

「はい！」

ふたりの少女が、軽くボールを投げてくれる。

俺はそれを模造刀で、なんなくポンポンと弾《はじ》き返《かえ》した。

それを何度か繰り返すと……

『飛び道具を連続で30回弾きました。

おめでとうございます！

スキル【矢弾《やはじ》き】を手に入れました。

飛び道具を弾く成功率が50パーセントアップします』

俺の脳内に機械的な声が響いた。ゲームで聞き慣れたシステムボイスだ。

ここまで、何もかもゲームと同じとは思わなかった。

思わずガッツポーズを決めてしまう。

「よしッ！　最初のスキルをゲットできたぞ！」

「はっ、え？　本当？　こんな簡単なことでスキルって、習得できちゃうの？」

エリス姉上は半信半疑のようだった。

「条件さえ機械的に満たせば習得できるスキルもあるんです。【矢弾き】の場合は、自分に向かって飛んできたものを連続で30回弾き返すというのが条件ですから、弾くのは女の子が投げてきたスローボールでも良いんです」

弓兵の放つ矢を弾くなんてことに挑戦していたら、高レベル域に到達しない限り【矢弾き】の習得は絶対に不可能だ。

しかし、習得条件さえ理解できれば、低レベルでも習得できた。

「すごいです。カイン兄様は、どこでこのような知識を？」

セルヴィアが尊敬の眼差《まなざ》しを送ってくる。

「あ、いや。たまたま知り合った冒険者から聞いた話なんだ」

「えっ、たまたまですか？　以前、公開されているスキルの習得条件を王立図書館で調べたことがあるのですが……【矢弾き】はありませんでした。これはもしかすると、かなりの上位スキルでは？」

「えっ、そうなの!?」

低位スキルについては習得条件が一般公開されているが、上位スキルについては、近衛《このえ》騎士団やSランク冒険者ギルドなど、一部の組織や特権階級が独占し、非公開にしていた。

知は力なり。これは自分たちの権力を維持するための措置だ。

しまったな。こんな貴重な知識をうかつに漏らす冒険者などいるはずもなかったか……でも前世で得たゲーム知識だと説明するわけにもいかないので、強引に誤魔化す。

「その人は、引退を決めたSランク冒険者だったんだよ。もうギルドの掟《おきて》に縛られる必要もないからって、特別に教えてくれたんだ」

「へぇっ。そんなことがあったのね！　お姉ちゃん、全然知らなかったわ！」

「や、やっぱり。真に優れた英雄級の冒険者は、これはと見定めた者に英知を授け、次なる英雄を育成すると聞きます。カイン兄様は、そんな英雄級の冒険者に選ばれたのですね!?」

「えっ……？」

セルヴィアは何か勘違いして、瞳を輝かせた。

な、なんのことだ？　そんな伝説があったのか？

ゲーム本編には登場しない設定だったから、知らなかった。

「さすがはカイン！　そういうことだったのね!?　お姉ちゃんも鼻が高いわ！」

ま、まあ、いいか。

下手にしゃべるとボロが出そうなので、俺はテキトーに頷《うなず》いておいた。

「……このスキルなら、私でも習得できそうです。カイン兄様、私も【矢弾き】を習得したいのですが、よろしいでしょうか？」

「えっ、セルヴィアも？」

「はい。いざという時、カイン兄様をお助けできるように。私もスキルや魔法を覚えていきたいと思います。兄様の足を引っ張るようなことは、もう二度としたくありませんから」

そう告げたセルヴィアの目は真剣そのものだった。

俺のために強くなりたいというのか？

セルヴィアは可愛《かわい》いな。

そういえば昔からセルヴィアは、俺が何か始めると、俺と一緒に遊びたくて真似していたな。魚釣りにも木登りにも、『兄様、兄様！』と、俺を呼びながらついてきた。

「じゃあ、一緒にがんばろうかセルヴィア」

「はい！」

セルヴィアは、花がほころぶような笑顔を見せた。

「じゃあ、いくわよ！」

「お願いします！」

俺とエリス姉上が、セルヴィアにぽんぽんと軽くボールを投げた。

セルヴィアはそれを難なく模造刀で打ち返す。

「やりました！　【矢弾き】を習得できましたよ。カイン兄様！」

セルヴィアが大喜びで、俺に抱きついてきた。

思わずドギマギしてしまう。

「うお、やったな……！」

「次は、次は、何をしたら強くなれますか？　ご指導お願いします！　私はなんでもします！」

「えっ、なんでも？　……そ、そうだな。次は火の魔法を覚えてもらおうかな。セルヴィアの本来の能力と、相性抜群のはずだ」

「火の魔法の勉強ですね。わかりました」

セルヴィアは素直に頷いた。

実は、【世界樹の聖女】の能力を使って、火の魔法の威力を格段に高める裏技があった。しかも他人に、セルヴィアが【世界樹の聖女】だと決してバレない方法だ。

ゲームでは、聖女セルヴィアの火力特化型ビルドと呼ばれていた。

本来は回復や補助が得意なキャラであるセルヴィアを、火力お化けにする玄人《くろうと》向けの育成だ。

「やったわねセルヴィア！　って、お姉ちゃん、もうダメ……」

エリス姉上は、疲れてその場にへたり込んでしまった。ずいぶん長い時間、付き合わせてしまったからな。

「ご協力いいただき、ありがとうございました。エリス姉上！」

「エリス姉様、ありがとうございます」

「こ、これくらいお安い御用よ。愛するカインのためだものね！」

うぉッ。うれしいことを言ってくれるな。

ただエリス姉上については、少し気がかりなことがある。

ゲームでは父上だけでなく、エリス姉上も存在していなかった。

序盤のボスにすぎないカインの家族など、制作会社がわざわざゲームに登場させなかっただけかもしれないが……

もしかすると、ゲーム開始前までの3年間にエリス姉上の身にも何か起きる可能性がある。

もし、そうなら俺は、セルヴィアだけでなく、エリス姉上も救いたい。

◇◇◇執事ランスロット視点◇◇◇

「ランスロット、スキルを習得できたぞ。約束通り剣を教えてくれないか？」

「本当でございますか？　まだ1日しか経っておりませんぞ!?」

カイン坊ちゃまからの申し出に、私は驚きを隠せませんでした。

私はランスロット。シュバルツ伯爵家に仕える執事です。

もはや20年ほど前の話となりますが、近衛騎士団に所属し、王国最強の騎士などと称されていたこともあります。

今は引退し、かつて孤児だった私を拾い、剣を教えてくださった大旦那様——前シュバルツ伯爵様にご恩を返すべく、この家に仕えております。

「もちろん本当だ。ランスロットは、相手の保有スキルを見破り、その効果を半減させるユニークスキル【看破《かんぱ》】を持っているだろう？　それで俺の保有スキルを調べてみてくれないか？」

「……はっ、では失礼します」

ユニークスキル【看破】を発動させると、カイン坊ちゃまの保有スキルが、目の前に光の文字となって表示されました。

＝＝＝＝＝＝＝＝＝＝＝＝＝＝＝＝＝＝＝＝

カイン・シュバルツの保有スキル

ユニークスキル

【黒月の剣】

剣技に闇属性力が付与されます。

スキル

【矢弾き】

飛び道具を弾く成功率が50パーセントアップします。

＝＝＝＝＝＝＝＝＝＝＝＝＝＝＝＝＝＝＝＝

「スキル【矢弾き】!?　こ、これは近衛騎士団でも習得できた者はほとんどいない、高度な防御スキルではありませんか!?」

不覚にも卒倒しそうになりました。

【矢弾き】の習得方法は、近衛騎士団で門外不出とされていました。国宝級の知識です。

いいえ、たとえ習得方法を知っていたとしても、自らに向かって飛んでくる矢を30回連続で弾くなど、剣を極めなければ不可能な芸当です。

いったい、どうやってカイン坊ちゃまは【矢弾き】を習得したのでしょうか？

も、もしかすると、全身鎧《よろい》を着た上で、兵に矢を撃たせたとか……？

だとすると、並大抵の覚悟ではありません。

「セルヴィア様をお守りするため、武術大会で優秀を目指すというのは本気でございますな？」

私は正直、カイン坊ちゃまのことを軽蔑しておりました。

このお方はレオン王子に気に入ってもらうために、セルヴィアお嬢様を屋敷の全員で虐待するぞ、などと笑いながら吹聴しておりました。

相手はレオン王子を誑《たぶら》かそうとした偽聖女、遠慮など無用、などと……

しかし、突如カイン坊ちゃまは改心し、セルヴィアお嬢様を家族として迎え入れると、旦那様に認めさせました。

もし本当にレオン王子に逆らってまでセルヴィアお嬢様を守り抜く決心なら、誠にご立派ですが……

あまりのカイン坊ちゃまの変わりように、私は真意を測りかねていたところです。

「もちろん本気だとも」

そう言って、私を見つめたカイン坊ちゃまの目には、強烈な意志が宿っておりました。

やはり、伊達《だて》や酔狂で言っているのではないようです。

「では、まずは基本の形《かた》を教えますので、1日素振り1000本を1ヶ月続けてくださいませ」

初心者なら1日100本の素振りが目安です。慣れないうちは体力の消耗が激しく、とても1000本の素振りなどできません。

ですが、これくらいこなせなくては、1年後の武術大会での優勝など、夢のまた夢です。

「1日素振り1000本？　確認したいんだが、その程度じゃ、1年以内にスキル【剣術レベル5】を習得できないよな？」

「【剣術レベル5】ですと？」

私は唖然《あぜん》としました。

【剣術スキル】は、剣を使い続けることによって習得でき、レベルアップしていきます。

最初は【剣術レベル1】。これは剣技の命中率と攻撃力が10パーセント上昇するというものです。

熟練の境地【剣術レベル5】に到達すると、剣技の命中率と攻撃力が50パーセント上昇するという破格の効果が得られます。

これは近衛騎士団でも、騎士隊長クラスでなければ到達できない、まさに剣の極みです。

「……はっ、おっしゃる通り、余程の才能がなければ1年では不可能だと思います」

「じゃあ、俺は1日3000本の素振りをする。それなら、なんとか届くか？」

「なっ……!?　素振りはあくまで基本。それだけでは剣は極められません。それに加えて、私の教える技をすべて吸収し、かなりの実戦を経験していただかねばなりませんが……しかし、それでも1年以内となると……」

「わかった。じゃあ、まずは1日３０００本の素振りを目標にするから形を教えてくれないか？」

むむむっ……

まさか、これほどまで熱心に剣術に打ち込むおつもりとは。

やはり、セルヴィアお嬢様への想いがこのお方を変えたのでしょうか？

しかし、口で言うだけなら簡単です。

実際にやり始めたら、おそらくすぐに音を上げることでしょう。

カイン坊ちゃまのこれまでの不摂生に満ちた怠惰な生活ぶりを見れば、火を見るよりも明らかです。

そう思い、私は基本中の基本である真向斬りの形を教えました。敵の脳天に剣を振り下ろす技です。

「ありがとう、ランスロット。やってみるから、おかしなところがあったら、遠慮なく指摘してくれ」

むっ、ありがとうですと……？

まさかカイン坊ちゃまの口から、私に対する感謝の言葉が出てくるとは思ってもみませんでした。

このお方にとって私など、取るに足らない存在だったはずですが。

カイン坊ちゃまは、さっそく私の真似をして剣を振りました。

その動作は……う、美しい!?

形を極めると、その所作は美を宿すのですが、カイン坊ちゃまの剣には初心者とは思えぬ流麗さがありました。


手直しを指摘する点は、恐るべきことになかったのです。

「……カイン坊ちゃま、まさか、これまで剣術を習われたことが？」

「ないが……？」

わかりきったことではありますが、質問せずにはいられませんでした。

一度、私の形を見ただけで、これほどまでに完璧な動きを？

いかに観察力に優れていようと、ありえないことです。

本来、最低でも年単位で地道な反復練習を繰り返して身に着けるものをいきなり習得してしまうなど、世の剣士たちが聞いたら卒倒してしまうでしょう。

「……あっ、【熟練度】がすごく入った。【剣術スキル1】を習得できたぞ！」

さらにカイン坊ちゃまは、驚くべきことを言いました。

まさか、たった一振りで【剣術スキル1】を習得したと？

天才と呼ぶしかありません。

……いや、考えてみれば、カイン坊ちゃまのユニークスキル【黒月の剣】は、剣技に闇属性力が付与されるというもの。

ユニークスキルは、その人物固有の特殊能力です。神の祝福だとされ、ごく一部の者しか持って生まれません。

ならばカイン坊ちゃまは元々、武の神より愛されたお方なのでは……？

私はそう思い至り、震えが止まらなくなりました。

「一振りごとに、どんどん洗練されていくのがわかる！　おもしろい、おもしろいじゃないか、剣術って！」

カイン坊ちゃまの動きが良くなっていくのは、明らかでした。

信じられません。異常な成長速度です。

まさに怪物……私は今、何を目撃しているのでしょうか？

しかも……

「ぜぇぜぇええええッ！　ど、どうだ、やりきったぞランスロット……ッ！」

「お見事でございます、カイン坊ちゃま！」

なんと3000本の素振りを最後までカイン坊ちゃまは、やりきったのです。カイン坊ちゃまは精根尽き果て、大の字になって倒れました。

私は感動に打ち震えました。

これほど剣の才能に恵まれた者が、剣への情熱を燃やしているのです。

その日の夜、私は旦那様にカイン坊ちゃまに剣術を教えさせてほしいと、土下座して頼み込みました。

旦那様もそのつもりだったらしく、執事の仕事よりもこちらを優先してくれとのことでした。

「今のカインは、これまでのカインとは明らかに違っておる。おそらく、天賦の才が覚醒したのだ。ならば、ワシはその後押しをしてやるまで」

旦那様はそのようにおっしゃられ、満足そうにしておられました。

ああっ、これほどの才能を自分の手で育てられるとは……私は興奮を抑えきれませんでした。

ユニークスキル【黒月の剣】を持つカイン坊ちゃまは、誰よりも強い剣士になれる可能性を秘めています。

そして、驚くべきことに、次の日も、また次の日も、カイン坊ちゃまは1日3000本の素振りを続けられたのです。

汗だくの疲労困憊《ひろうこんぱい》になりながらも、手にマメができて潰れても、カイン坊ちゃまは剣を振るうのをやめませんでした。

「カイン坊ちゃま、なぜ、なぜ、そこまでされるのですか……？」

「ぜぇぜぇ……それはもちろん、最推しヒロインのセルヴィアと幸せに、なるためだ。それが俺の夢だ」

フラフラのカイン坊ちゃまは、聞き慣れない言葉を使いました。

はて？　最推しヒロインとはなんでしょうか？

「なによりセルヴィアも今、火の魔法の修行をがんばっているからな。格好の悪いところは、見せられないだろう？」

カイン坊ちゃまは笑って応えました。

「それに剣術って、思った以上におもしろいな。剣を振るった時の風切《かざき》り音《おん》が、鋭くなっていくのが自分でもわかる。ドンドン強くなれるのが、身体《からだ》で実感できるなんて最高だな！」

◇◇◇セルヴィア視点◇◇◇

２週間後――
「カイン兄様！　やりました。兄様に教えていただいた通りにしたら、たった２週間で上位スキル【高速詠唱《こうそくえいしょう》レベル1】が覚えられましたよ！」

私は喜びのあまりカイン兄様に廊下で抱きつきました。

一刻も早くこのことを報告して、褒めてもらいたかったからです。

「えっ、もう!?　そうか、すごいなセルヴィアは」

「えへへっ」

カイン兄様は私の頭をやさしく撫でてくれました。

すごく気持ち良い。まさに至福のひとときです。

「はい！　まさか【プチファイヤー】を毎日、50回唱えているだけで良いなんて、驚きです。これなら、魔法初心者の私でもできます」

「【高速詠唱】スキルは、魔法を3秒以下で発動させると【熟練度】が入手できるから、簡単な初級魔法を連発するのが、一番習得効率が良いんだ」

「すごい、こんな裏技があるなんて！　誰も知らないのではないですか!?」

「……そうだな。この世界の魔法使いは、強力な上級魔法を覚えることをステータスにしているみたいだから。その価値観のせいで【高速詠唱】スキル持ちは、滅多にいないと思う」

さすがカイン兄様です。

英雄の英知は底が知れません。

「魔法使いの戦いは、先に魔法を当てた方が絶対に有利なんだ。魔法詠唱中に攻撃を喰《く》らったら、詠唱がキャンセルされてしまうから。命中精度とスピードこそが、魔法使いの質を決めるんだ。派手さは必要ない」

「なるほど、勉強になります！」

私にも英雄の英知を教えてくださるなんて……

魔法学校に入るより、兄様に師事した方が絶対に魔法使いとして大成すると思います。

「だけど、こんなに早く【高速詠唱】を覚えられたのは、セルヴィアが地道な努力を続けたからだ。すごいぞ。毎日30回で良いって言ったのにまさか50回も続けるなんて！」

「はい、カイン兄様が剣術に真剣に打ち込んでおられる姿を見て、私もがんばらねばと思いました。そうでなければ兄様の婚約者ですと、胸を張って言えませんから」

「うおっ……それはうれしいな。だけど、無理はしないでくれよ」

「もぉっ！　兄様が、それをおっしゃられますか？　毎日、３０００回という無茶な素振りをしていらっしゃいますよね？　少しはお身体を労《いたわ》ってください」

私は回復薬を取り出して、カイン兄様に渡しました。

一見なんの変哲もない回復薬です。

「はい、どうぞ。回復薬に魔法植物【マンドラゴラ】の成分をプラスして、薬効を何倍にも高めた【強化回復薬《エクスポーション》】です。飲むと疲れが一瞬で取れます」

カイン兄様が、自分を追い込みすぎて疲れているのは、お顔を見れば一目瞭然でした。模造刀で打たれたのか、その端正なお顔にアザもできています。

私は【世界樹の聖女】の力を周囲にバレないように使って、兄様を癒やして差し上げたいと考えていました。

そして、創意工夫を繰り返した結果生まれたのが、この【強化回復薬】です。

私は【薬師《くすし》レベル1】のスキルを持っていますから、素材さえあれば薬の調合もできるのです。

えへへっ。愛する旦那様の体調管理は、妻たる私の務めですからね。

「本当か？　見た目は、ふつうの回復薬にしか見えないな……」

カイン兄様はそれを一口飲むと、目を見張りました。

「おぅうっ!?　修行の疲れが一瞬で取れたぞ!?」

「本当ですか？　良かったです！　これで、兄様のお役に立てましたね」

「ああっ、ものすごく助かる」

カイン兄様は大喜びで、私の頭をさらに撫でてくれました。

私はうれしくて、得意になって解説します。

「えっへん。この【強化回復薬】は怪我《けが》の治療にも効果てきめんです。あっ、でも、お怪我はしないようにしてくださいね」

「セルヴィアは本当にすごいな。ありがたく使わせてもらうぞ」

「はい！」

カイン兄様に褒められて、私の気分は最高潮です。

もっと兄様のお役に立てるよう、がんばらなくては……

「カイン兄様、私が最強になれるように、ご指導いただけるということですが。次は何をしたら良いですか？」

「そうだな。それも必要だけど。これまで通り、火属性の魔法以外は使わないようにしてくれ。それから次は森で……【高速詠唱】スキルをさらに鍛えますか？」

カイン兄様が思案しはじめた時でした。お父様の怒鳴り声が、近くの応接間から響きました。

「魔獣の討伐だと？　そんなことは、冒険者ギルドの仕事であるぞ。王国の盾たる栄光なるシュバルツ伯爵家の戦力は、下賤《げせん》な魔獣退治のためにあるのではないわ！」

「し、しかし、伯爵様！　森に出現した魔獣ブラッドベアーは危険度Aランク！　冒険者ギルドでさえ手が出せないほどの凶暴な魔獣なのですよ……っ!?」

「どうか兵を出していただけませんか!?」

「くどいッ！　貴重な兵力を魔獣退治などに割くわけにはいかぬというのが、わからぬのか!?」

どうやら、お父様は陳情に来た村長たちと揉《も》めているようです。

領民を守るのが領主の務めですが、現在シュバルツ伯爵家の兵は、ミスリル鉱山内の魔物を殲滅《せんめつ》するために駆り出されています。

どうやら、かなり凶悪な魔物の群れが巣食っているらしく、他に兵を回す余裕がないようです。

「魔獣ブラッドベアーだって？　ちょうどいい！」

カイン兄様は突如、応接間の扉を開け放って、宣言しました。

「父上、それでは、俺がその魔獣退治を引き受けます！」

「えっ!?」

「なにぃ!?」

「あなた様は……まさか若様!?」

あまりのことに驚いて応接間に入ると、その場にいた全員が啞然とした顔つきになっていました。

なにしろ、カイン兄様のレベルはまだ5のはずです。剣術の修行も始められたばかりですし……

こ、これでは、殺されに行くようなものではありませんか？

「そうだが……？」

「こ、これは失礼しました！　あまりに意外なお申し出に、少々驚いてしまいました」

村長たちは慌てて揉み手で、カイン兄様に媚《こび》を売りました。

意外なことですが、領民からのカイン兄様の評判は悪いようです。

領主の息子は、怠惰で傲慢だと、もっぱらの噂でした。

わけがわかりません。

私のカイン兄様は、やさしくて気高くて世界一かっこいいのに。

……でしたら、この魔獣討伐は、カイン兄様のすばらしさを領民たちに知ってもらうチャンスです。

敵はAランクの魔獣。本来なら無謀だとお止めしなくてはならないところですが、英雄の英知を持つカイン兄様には、きっと勝算がおありなのだと思います。

「カイン兄様、無論、私もお供いたします！」

ですが、危険であることは事実。私が【世界樹の聖女】の力で、サポートしなくては。

「……あっ、まさか、そちらのお方は、今、話題となっている偽聖女殿ですか？」

「王家を謀った罪人として、追放されてきたとか？」

私に村長らが、あからさまな軽蔑の視線を向けました。

うっ……。

自らが撒《ま》いた種とはいえ、他人に蔑まれるのは、やはり辛いものがあります。

「おい、セルヴィアを偽聖女なんて呼ぶな！　セルヴィアは、自分ら聖女だと名乗ったことはない。教会が勝手に聖女認定して、それが間違っていただけだ」

「はっ！　……こ、これは失礼しました！」

すると、カイン兄様が間に立って庇《かば》ってくれました。

「お前ら領民ごときが、俺のモノであるセルヴィアを悪く言うのは許さない。その旨、各村に通達しろ！」

「こ、これは肝に銘じます！」

領民たちはカイン兄様の迫力にタジタジになりました。

「う、うれしいです。カイン兄様……」

私の心に温かいものが広がりました。

一見、傲慢に振る舞ったのは、悪評を利用した方が、命令に従わせやすいからでしょう。

やっぱり兄様は、世界一の男性です。

「カインよ、本気か……？　残念だが、手勢をつけてやる余裕はないぞ。貸してやれるのはランスロットだけだが」

「父上、ランスロットも必要ありません。俺とセルヴィアだけで、魔獣を倒してご覧に入れます」

「なにぃいいい!?」

お父様は心底驚いていました。

「ふっ、旦那様、ご心配には及びません。今のカイン坊ちゃまならブラッドベアーごときに後《おく》れを取る心配はございません。この私が保証いたします」

お父様の背後に護衛として控えていたランスロットが、意味深な笑みを浮かべました。

「なぜなら、カイン坊ちゃまは、たった2週間で【剣術レベル3】に到達されてしまったのですから！　これとユニークスキル【黒月の剣】の組み合わせは……ククッ、この恐るべき才能には、もはや笑いしかありませんな」

「なにっ⁉　【剣術レベル3】といえば、すでに一流の剣士の領域ではないか⁉」

お父様や村長たちは、言葉を失っていました。

私も驚きです。

「ま、まさか。昨日の時点では、カイン兄様は【剣術レベル2】であると、うかがっていましたが……？」

「今朝のランスロットとの模擬戦のおかげで、さらにスキルレベルを上げることができたんだ。ありがとうランスロット」

「なんの。礼など不要です。カイン坊ちゃまに剣を教えることこそ、このランスロットの生き甲斐《がい》でございます」

し、信じられない成長速度です。

才能という言葉だけでは片付けられません。

カイン兄様は、一体、どれほど努力されているのでしょうか？

私ももっとがんばらねば、置いていかれてしまいそうです。

「だから、安心して俺に任せてください」

カイン兄様は私の頭をポンポンと撫でました。

「それにシュバルツ伯爵領の森なら、ちょうど良かった。これでセルヴィアを最強に育てるためのピースが揃《そろ》う」

◇◇◇カイン視点◇◇◇

「はぁッ！」

振り下ろした剣が、鉄の芯が入った藁《わら》人形を両断した。藁人形は真っ黒い炎に包まれて、跡形もなく焼滅する。

剣技に闇属性ダメージを追加する俺のユニークスキル【黒月の剣】の効果だ。

「お見事でございます。カイン坊ちゃま！」

ランスロットの掛け値なしの称賛が飛んだ。

「やっぱり、剣術スキルと連動して【黒月の剣】も、パワーアップしているな！」

【黒月の剣】の威力が【剣術レベル3】を習得したことで、激増していた。

剣術スキルの効果は、剣技の攻撃力と命中率をアップさせるというものだ。もしや、この補正は【黒月の剣】にもかかるのでは？　と考えていたが、大当たりだった。

スキルは闇雲に習得すれば良いわけではない。

相乗効果を発揮するよう組み合わせを考慮して習得するのが、強くなる秘訣《ひけつ》だった。

「はっ、まさしくカイン坊ちゃまこそ、剣の申し子でございます！」

ランスロットは感嘆に声を震わせる。

「なにより、たった2週間で【剣術レベル3】に到達してしまわれるとは……ッ！　末恐ろしいお方です」

「ありがとう、これもランスロットのおかげだ」

スキルを効率良く習得するためには、そのスキルを所持している者に師事することだ。

すると、スキル熟練度の獲得効率が激増する。

俺は剣術スキルに適正があり、スキル熟練度の獲得効率が元々かなり良かったみたいだが、それに加えてランスロットという優れた師に恵まれたことで、短期間で【剣術レベル3】になれた。

本当にランスロットには感謝しかないな。

「カイン坊ちゃま！　心技体のうち、剣士にとっては心がもっとも重要です。あなたさまはその得難《えがた》き高潔な心を持っていらっしゃる。あなた様のようなお方を弟子とできたことは、このランスロットの人生最大の誉れでございます！」

「そ、そんな大げさな……」

俺が頭を下げて礼を述べると、ランスロットはなぜかいつも感激していた。

ごく当たり前のことをしているだけなのに、わけがわからない。

「だけど、ここから先は実戦経験を積まなくちゃだろう？」

俺はランスロット相手に模造刀を構えた。

次は、ランスロットとの模擬戦だ。

まだランスロットには、まったく勝てる気がしないが……

ゲームと違って自分の強さが、ドンドン向上していくのが実感できるのが楽しい。

これは前世も含めて、初めての体験だった。

「その通りでございます。しかし、Aランクの魔獣退治とは思い切りましたな」

「ランスロットが父上を説得するのを手伝ってくれて助かったよ」

正直、あそこまで強く推してくれるとは思わなかった。

「それは無論。カイン坊ちゃまが、あそこまでおっしゃるからには、勝算がおありなのでしょう？」

「バレたか……」

ブラッドベアーは魔法が使えず、攻撃パターンをあまり持っていないため、対処法を熟知していれば、それほど恐ろしい相手ではない。

にもかかわらず、Ａランクに分類されているため得られる経験値が非常に美味《おい》しかった。レベルアップのためのボーナスモンスターだとさえ言えた。

しかも、今なら、おそらくあの超レアスキルの獲得条件も満たせる……

ここで一気に強くなるためには、多少のリスクを負っても倒しておきたい相手だった。

「私はカイン坊ちゃまこそ、真の英雄になるべく生まれてきたお方だと信じております。ならば、その覇道を阻むような真似は無粋というもの。いってらっしゃいませ！」

☆☆☆

次の日、準備を終えた俺とセルヴィアは、ブラッドベアーの巣食う森にやってきた。

「カイン兄様とデート。うれしいです」

「う、うんっ、そうだな……」

セルヴィアが俺にピタリと身を寄せてくるので、ドギマギしてしまう。今の彼女は、動きやすさを重視した軽装だった。

「それにしても、【世界樹の聖女】の力はすごいな」

「カイン兄様をお迎えすべく、みんなには道を開けてもらっています」

セルヴィアは得意げに鼻を鳴らした。

鬱蒼《うっそう》と広がる森は、本来なら歩きにくいことこの上ないんだけど……

セルヴィアの【世界樹の聖女】の能力により、森の木々や草花が、俺たちのために道を開けてくれていた。

「えへへっ、草木に囲まれていると、とっても心地良いです。森は私の味方なのだと、実感できます」

今、この森は冒険者ギルドによって立ち入り禁止区域に指定されているので、人が入ってくる心配はまずない。

だから、【世界樹の聖女】の力を遠慮なく使うことができた。

植物を支配する【世界樹の聖女】は森の中では、まさに無敵の存在だ。

「それで、多分、このあたりに生えているはずなんだけど……」

「カイン兄様、何を探していらっしゃるのですか？」

「【森の破壊者】アルビドゥスの花って、知っている？」

「えっ？　なんですか？　それは……」

ふつうは知らないよな。ゲームでも見落としてしまいがちな採取アイテムだし。

「揮発性の油を出して自然発火する植物なんだ。それで自分ごと周囲の木々を焼き尽くす。でも、アルビドゥスの種は強い耐火性を持っているから、灰にした植物を養分にしてアルビドゥスは繁殖するんだ」

「そ、そんな他者との調和を無視した花があるんですね」

セルヴィアは絶句していた。

「うんっ。驚きだろう？　ちなみに花言葉は『私は明日死ぬだろう』だ」

「トラウマになりそうな花言葉ですね……それで【森の破壊者】ですか」

「でも、これが火力特化型の【世界樹の聖女】ビルドの肝になってくる。あ、あった、アレだ！」

俺は森の中で、白い花弁に赤いアクセントが入った可憐《かれん》な花を見つけた。

セルヴィアは植物を召喚することができるが、その条件として対象の植物について知っていなければならない。

それには実物に触れてもらうのが一番だ。

俺はアルビドゥスの花を手折ると、セルヴィアに渡した。

「い、意外ときれいなお花ですね。カイン兄様が贈ってくれるなら、どんなお花でも大歓迎ですが……」

恐ろしい逸話を聞いていたので、セルヴィアはやや及び腰だった。

「い、いきなり燃えたりしませんか？」

「もちろんだとも。この花は高温の環境下でしか自然発火したりしない」

ゲーム内では真夏になると、自然発火する演出が見られたが、幸い今はまだ春だった。

「なら安心ですね。ええっと、はい、このコも私の言うことを聞いてくれるみたいです」

セルヴィアはアルビドゥスの花をジッと見つめた。

「このアルビドゥスの可燃性ガスを召喚して、燃焼力を強化。火の魔法【プチファイヤー】で着火する。というのが、セルヴィアの戦闘スタイルになる。召喚するのは無色の気体だから、【世界樹の聖女】の能力を使っているなんて、誰にもわからないだろう？」

「なるほど、さすがはカイン兄様です！　ちょっと扱いが難しそうなコではありますが、使いこなしてみせます！」

セルヴィアは瞳を輝かせた。

ゲームでのアルビドゥスの燃焼力は、すさまじいの一言だった。

これに初級魔法【プチファイヤー】と、スキル【高速詠唱】を組み合わせた特殊ビルドが、とにかく強かった。

なにせ、ほとんどMPを消費することなく、タイムラグもなしで、強烈な爆発を起こしたり、広範囲を焼き尽くす、といったことができるのだ。

さらに、これにあるスキルが加わると、とんでもないシナジーが……

その時だった。

少年の大きな悲鳴が聞こえた。

「まさか立ち入り禁止のはずの森に、子供がいるのか⁉」

「……はい、カイン兄様。木の精霊が教えてくれました。ここから北に約４００メートルのあたりで、ブラックウルフの群れに少年が襲われているようです」

セルヴィアが木の精霊から情報を聞き出してくれた。

【世界樹の聖女】である彼女は、草木の精霊たちと意思疎通でき、その加護を得られるのだ。

俺は考えるより先に行動していた。

「きゃ!?　カイン兄様!?」

セルヴィアをお姫様抱っこして、駆け出す。向かうは少年の救出だ。

「セルヴィア、出たとこ勝負で悪いんだが、魔物が見えたら【アルビドゥス・ファイヤー】を決めてくれ！」

魔獣の群れを相手にするなら、剣でチマチマ攻撃するより広範囲殲滅力の高い、【アルビドゥス・ファイヤー】の出番だ。

少年が肉食のブラックウルフに襲われているなら、一刻の猶予もない。

「たとえ倒せなくても、敵の注意をこちらに引きつけることができればいい。そうすれば、俺がなんとかする！」

「は、はい。わかりました。ぶっつけ本番ですが、やってみます！」

セルヴィアが俺にしがみつきながら頷いた。

「ああっ、頼む！　少年に火炎を当てないようにだけ注意してくれ！　アルビドゥスの花の精霊と意思疎通ができれば、制御できるはずだ！」

「はい！」

俺は疾風となって森を駆け抜ける。

毎日、走り込みを続けたかいがあった。体力と脚力が確実に向上していた。

やがて、視界が開けた場所に出ると、狼《おおかみ》型の魔獣の群れに少年が取り囲まれていた。

「いきます！　【アルビドゥス・ファイヤー】！」

セルヴィアが手をかざすと同時に、【プチファイヤ】の小さな火球が飛ぶ。それが召喚されたアルビドゥスの可燃性ガスに引火し、爆発的に燃え広がった。

「なっ、なななんだ!?」

12歳ほどの少年は、腰を抜かしていた。

自分に牙を向けていたブラックウルフたちが、突如、業火に包まれたのだから無理もない。

「……こ、これは。予想以上の火力ですね」

セルヴィア自身も驚きに目を瞬いてる。

「おい、お前らの相手はこっちだ！」

俺は突っ込んでいって、セルヴィアが討ち漏らした敵を片手で叩き斬った。

ぎゃうううん!?

ブラックウルフどもは、血飛沫《ちしぶき》を上げると同時に、漆黒の炎に包まれた。俺の【黒月の剣】による闇属性の追加ダメージだ。

ヤツらは、骨も残さずに消滅する。

「す、すげぇ!?」

少年は目を丸くしていた。

「Bランクの魔獣ブラックウルフを片手で一撃ですか……カイン兄様の剣技はすごいです」

「いや、今回はセルヴィアのお手柄だろ?」

俺はセルヴィアをゆっくりと地面に下ろす。

今さらながらに、セルヴィアの柔らかい身体の感触を意識して、俺はドギマギしてしまった。

「はぅっ。できれば、カイン兄様にもっと抱っこされていたかったです」

「い、今のは緊急事態だったから……」

そういえば、女の子をお姫様抱っこをするのなんて、前世を含めて初めての体験だった。しかも、リアルに降臨した最推しヒロイン相手にやってしまうなんて……

ヤバい、悶絶《もんぜつ》してしまいそうだ。

「でしたら、緊急事態も悪くないですね」

セルヴィアはうれしそうに微笑んだ。

「ちょ！　あ、あんたらなんだよ!?　すげぇ魔法と剣……凄腕《すごうで》の冒険者か!?」

少年は尻餅をついたまま叫んだ。

「いえ、冒険者ではありません。私はセルヴィア・フェルナンド。貴族です」

「同じく、俺はカイン・シュバルツ。ここの領主の息子だ」

少年に手を差し伸べながら、俺は名乗った。

「なんだって、この森に入っていたんだ？　ここは今、危険な魔獣が出るんで立ち入り禁止になってるんだぞ」

「カイン・シュバルツ？　あっ、あの街の人が噂していた評判の悪い……!?」

少年は目をパチクリさせながら、俺の手を取った。

評判が悪いか……

今までの俺は、屋敷の使用人や領民に当たり散らしたりしていたからな。この評価は仕方がない。

苦笑しながら、俺は少年を立たせてやった。

風体からして、多分、流れ者だろう。

そのため、俺を過度に恐れる必要はないらしい。

まあ、そっちの方が俺も気楽で良いが……

「むっ、カイン兄様に助けていただいたのに、その物言いは失礼ではないですか？」

セルヴィアが不機嫌そうに眉根を寄せた。

「カイン兄様は世界一かっこよくてやさしい、この世で最高の男性なんですよ」

「うおっ!?」

俺はびっくり仰天した。

初対面の相手にのろけすぎじゃないか？　う、うれしいけど。


「って、なんでアンタは、首輪なんてしているんだッ!?」

少年はセルヴィアの姿に怪訝《けげん》そうな顔をした。

「……それはセルヴィアが、俺が虐待している奴隷だからだ」

レオン王子を欺くため、俺はセルヴィアを虐待していることにしなければならなかった。

そのためセルヴィアには、基本、外では鎖付きの首輪を着用してもらっていた。

「はい、私はカイン兄様のモノです。この前は、縄で縛っていただきました。ちょっと痛かったですけど、すごく楽しかったです」

「いや、人に誤解されるようなことは!?　誤解じゃないけどぉおおッ!?」

「は、はぁ!?　こんなかわいい姉ちゃんを奴隷に？　や、やっぱ、お前は悪徳貴族じゃねぇか!?」

「違います。カイン兄様は世界一かっこいい、私の兄様です。悪徳貴族なんかじゃありません。訂正してください！」

「はぁ!?　いや、アンタ、奴隷なんだろ!?」

セルヴィアの主張に、少年は面食らっていた。

うん、まあ、俺もわけがわからないが……これで一応、レオン王子の命令に従っている体裁は整うから、良しとしよう。

「い、いや、それよりも！　俺の姉ちゃんが魔獣ブラッドベアーに捕まっているんだ！　領主は領民を守るのが仕事だろ!?　助けてくれよ！」

「姉ちゃんだって？」

ブラッドベアーは人間の生き血を吸う魔物だ。

すぐに救出しないと、殺される。

「姉弟で、立ち入り禁止の森に入っていたのですか？」

セルヴィアが咎《とが》めるような目を向けた。

「悪いかよ？　俺たちは薬師なんだ。薬草を切らしちまったら、おまんまの食い上げだ。魔物から身を隠しながら薬草を採取する心得くらい持ってら。でも、ヤツの嗅覚が予想以上に鋭くて……くそぅ！」

少年は悔しそうに歯軋《はぎし》りした。

それから、俺に向かって必死に頭を下げる。

「もし、姉ちゃんを助けてくれたら、なんでもする！　アンタの奴隷にでもなんでもなってやるから！　だから頼む、姉ちゃんを助けてくれ！」

「奴隷になんかなる必要はない。俺たちは元々、そのブラッドベアーを退治しに来たんだ」

「そうです。私たちに任せてください」

「ほ、本当か!?」

「それで、どこで姉さんは捕まったんだ？」

俺は少年に【強化回復薬】を渡しながら尋ねた。

俺にもエリス姉上がいるから、彼の気持ちはよくわかった。きっと、姉弟で助け合いながら生きてきたんだろう。

なら、絶対に助けてやらないとな。

「き、貴族が施しをくれるのか!?」

「怪我をしているんだから、当然じゃないか？」

少年の身体には、ブラックウルフの爪で引き裂かれた痛々しい傷があった。

今は興奮のあまり痛みを感じていないようだが、すぐに治療する必要がある。

「あ、ありがてぇ！　姉ちゃんは2時間くらい前に、この先の川辺で！　俺ひとりで逃げて、クソォオオオ！」

「気持ちは痛いほどわかります……でもカイン兄様に対して名乗りもしないのは、失礼ではありませんか？」

「わ、悪い。俺はアッシュだ、って……は!?」

【強化回復薬】を飲むと、アッシュの傷が一瞬で消えた。

「な、なんだコレ⁉　この強烈な回復効果は……マンドラゴラの成分が入っているのか⁉」

アッシュは薬師だけあって、【強化回復薬】の成分を一発で見破ったようだ。

「入手難易度Sランクの超高級素材だぞ！　それを、こんなポンと施してくれるなんて……まさかマンドラゴラを大量に持っていたりするのか⁉」

「なかなか詳しいですね……」

セルヴィアが困ったように俺を見上げる。

まさか、【世界樹の聖女】の能力で召喚したものです、とは言えない。

アッシュは驚きと興奮に身を震わせていた。

「詳しいのは当たり前だ。俺は薬師だぞ。自慢じゃないが、【薬師レベル4】のスキルを持ってる！　で、いったいマンドラゴラをどこで手に入れんだ⁉　この森に生えているのか⁉」

「それは……」

まいったな。まさか、そこに食いついてくるとは思わなかった。

【薬師レベル4】といえば薬師としては達人だ。到底、普通の子供が得られるスキルではない。それで、薬の素材について並ならぬ関心があるのか。

「この回復薬、成分はすごいが、作り手はまるでダメだな！　俺と姉ちゃんなら、もっと効能が高い回復薬を作れるぜ！　なにしろ、俺たちはこの道80年の大ベテランだからな！　だから、一刻も早く姉ちゃん助けてくれよ！」

「この道80年だって？　まさか……アッシュたちはエルフか？」

確かにアッシュの顔は、人とは思えぬほど端正だ。今は帽子で隠れている耳も尖っているのだろう。

それは森で自然と調和して生きる種族エルフの特徴だ。

「うっ、まるでダメとは……カイン兄様への愛を込めて作ったのに」

セルヴィアは、軽いショックを受けていた。

「その通りだぜ。姉ちゃんは、もっとすごい【薬師レベル５】だぞ！」

「なに!?」

だとしたら、幸運だった。最高品質の回復薬が作れるじゃないか。

その時、森を震撼《しんかん》させる雄叫《おたけ》びが轟《とどろ》いた。

その雄叫びには、ゲーム時代から聞き覚えがあった。魔獣ブラッドベアーだ。

ドスドスと地響きを鳴らして、巨大な熊――ブラッドベアーが姿を現した。

どうやら、好物の血の匂いをたどってアッシュを追ってきたらしい。

「ああっ!?　ね、姉ちゃん!?」

アッシュが、心が張り裂けんばかりの悲痛な声を上げた。

ブラッドベアーに乱暴に抱えられた少女は、その怪力によって、失神してしまっているのだ。

「こ、こいつは……まずいな」

まさかブラッドベアーが、アッシュの姉を人質にとって現れるとは想定外の事態だった。

やはり、現実となった世界では、ゲームではあり得ないような状況が起きる。

アッシュの姉を巻き込んでしまうためセルヴィアの【アルビドゥス・ファイヤー】で、ブラッドベアーを攻撃する手は使えない。

なにより……

「カイン兄様、あの娘が血を吸われています！」

ブラッドベアーの背中から伸びた触手が、少女の身体に巻きついて刺さっていた。ドクドクと脈打つその管によって、吸血しているのだ。

このままではアッシュの姉は、あと数分で命を落とすだろう。

さらにマズイことに、吸血行為によって、ブラッドベアーのステータス値にバフがかかり、強さが跳ね上がってしまっていた。


ぐぉおおおおおん！


ブラッドベアーが片手を振りかざすと、爪を弾丸のように飛ばしてきた。【飛爪《ひそう》】という特殊攻撃だ。

「ふたりとも、下がれ！　コイツは俺が相手をする！」

俺はセルヴィアとアッシュを庇うべく前に出た。

俺のスキル【矢弾き】は、飛び道具を弾く成功率を50パーセントアップさせる。

これに剣技の命中率を30パーセント上昇させるスキル【剣術レベル3】を組み合わせれば、飛び道具による攻撃を、ほぼ確実に無効化できた。

「はぁあああああぁッ！」

俺は剣をぶつけて、ブラッドベアーの爪を弾き飛ばす。

「なにぃいい!?　あ、あんた、すげぇ剣士だな！」

「あんたじゃなくて、カインだ」

「あぁっ、カイン……！」

アッシュが感嘆の声を上げるが、俺はそれどころじゃない。

ブラッドベアーが、咆哮《ほうこう》と共に突っ込んでくる。

ゲームとは比べ物にならない迫力だ。ランスロットとの模擬戦を経験していなかったら、完全に呑《の》まれていただろう。

セルヴィアとアッシュを守るために、俺は勇気を振り絞って迎え撃った。

「カイン兄様、無茶です！」

「大丈夫だ、やれる！」

ブラッドベアーの行動パターンは、敵が遠くにいれば【飛爪】。接近した場合は高確率で、初手は右腕を打ち下ろしてくる。

これを躱《かわ》すには、ブラッドベアーの左側に回り込むように動くのが最適解だ。


がぁあああああッ！


咆哮と共に、まともに喰らえば即死するであろう剛腕が放たれたが、俺は難なく避けることができた。

「ふんッ！」

そのままブラッドベアーの脇腹に斬撃を叩き込む。

鎧のように分厚い毛皮に阻まれるも、闇属性の追加攻撃によって、ヤツの脇腹が焼けただれた。

ブラッドベアーが苦悶《くもん》の声を上げる。

「マジかよ、すげぇ！」

俺は追撃を叩き込むために、剣を振りかざした。狙うのはブラッドベアーの弱点部位である胸部だ。

ここに攻撃を当てればクリティカルヒットになる。

だが、その瞬間、予想外のことが起きた。ブラッドベアーが少女を盾にしたのだ。

「ぐぅっ⁉」

俺は剣を強引に急停止する。

そこにブラッドベアーの剛腕が叩き込まれて、視界がブレた。

意識が霞《かす》むような衝撃。吹っ飛ばされた俺は、地面をボールのようにバウンドして転がる。

ヤバい。

「兄様！」

セルヴィアの悲痛な声が聞こえた。

ブラッドベアーが、俺にトドメを刺すべく突っ込んでくる。

その時、ブラッドベアーの身体に、無数の植物の蔦《つた》が絡みついた。

「カイン兄様を殺させはしません！」

セルヴィアの【世界樹の聖女】の力だ。

周囲の植物を操って、ブラッドベアーの突進を止めようとしてくれていた。

「はぁ⁉　まさか、植物を操っているのか⁉」

アッシュが素っ頓狂な声を上げた。

「詠唱もなし、ユニークスキルの域も超えている！　これって、まさか……⁉」

どうやらセルヴィアの正体には勘づかれてしまったみたいだ。

くそぅ、俺が不甲斐《ふがい》ないばかりに……

朦朧《もうろう》としながらも、俺は【強化回復薬】を腰袋から取り出して飲んだ。全身に活力がみなぎり、致命的だったダメージが嘘《うそ》のように回復していく。

ブラッドベアーが、力任せに植物を引き千切って迫ってきた。

「くぅうううッ！」

セルヴィアは全力を尽くしているが、まだ聖女の力を完全には使いこなせておらず、パワー負けしていた。

だが、ブラッドベアーの動きは、蔦の拘束によってかなり鈍っていた。

よし、これならやれるぞ。

俺はブラッドベアーの背後に回り込みながら、吸血触手を斬り裂く。

ブラッドベアーは、瀕死《ひんし》の俺が突如元気になったため、完全に意表を突かれたようだ。

俺は地面を蹴って、猛然と突撃した。

「はぁあああああ――――ッ！」


ごぉああああああっ！


ブラッドベアーが剛腕を振り回すのをかいくぐって、落下した少女をキャッチした。

ブラッドベアーのこの攻撃モーションは、下に回避するのが正解なのだ。

「セルヴィア、この娘《こ》を頼む！」

「はい！」

セルヴィアの操る植物の蔦が、少女を優しく包んで連れ去った。

「姉ちゃん！」

アッシュが感激の声を上げる。

「さあ、これで人質はもういないぞッ！」

俺は無数の斬撃を、ブラッドベアーに浴びせた。もうなんの遠慮もいらない。


ぐぉおおおおおん！


ヤツは必死に反撃するも、攻撃パターンと攻撃モーションを見切っている俺には当たらない。

ブラッドベアーの身体のアチコチから闇の炎が噴き上がって、肉体が崩壊していく。生命を蝕《むしば》む闇の力の真骨頂だ。

「セルヴィア。手を貸してくれ、トドメだ！」

「はい、カイン兄様。【アルビドゥス・ファイヤー】！」

俺の意図を察したセルヴィアが、ブラッドベアーの全身を猛火で包んだ。

苦痛にのたうちまわるヤツは、弱点部位である胸部に対するガードを解いた。

俺は渾身《こんしん》の刺突を、ブラッドベアーの胸部にお見舞いした。【黒月の剣】による闇の力が、ヤツの心臓を蝕み、破壊する。

ブラッドベアーは断末魔の叫びを上げて、大地に倒れる。

「やりました！　カイン兄様ぁあああッ！」

セルヴィアが歓声を上げる。

俺とセルヴィアが力を合わせて掴んだ勝利だ。


『レベル差30以上の魔物に勝ちました。

おめでとうございます！

スキル【ジャイアントキリング】を習得しました。

レベルが上の敵と戦う際、ＨＰが半分以下になると攻撃力と敏捷性《びんしょうせい》が１００パーセント上昇します』

システムボイスが、新スキルの獲得とレベルアップを告げた。

レベル7から一気に15まで上昇する。

【アポカリプス】はレベル差の大きい強敵を倒すと大量の経験値をゲットできるシステムになっている。逆に自分より低レベルの雑魚《ざこ》敵を倒しても、経験値はほとんど獲得できない。

強くなるためには、格上の敵を倒していく必要がある。このためスキル【ジャイアントキリング】の習得は、これ以上ないアドバンテージだった。

ふぅ～、今回、リスクを冒したかいがあったな。

俺は額の汗を拭いつつ、ステータスを確認した。

＝＝＝＝＝＝＝＝＝＝＝＝＝＝＝＝＝＝＝＝＝＝

カイン・シュバルツ

レベル15

ユニークスキル

【黒月の剣】

剣技に闇属性力が付与されます。

スキル

【剣術レベル3】

剣技の命中率と攻撃力が30パーセントアップします。

【矢弾き】

飛び道具を弾く成功率が50パーセントアップします。

【ジャイアントキリング】（ＮＥＷ！）

レベルが上の敵と戦う際、ＨＰが半分以下になると攻撃力と敏捷性が１００パーセント上昇します。

＝＝＝＝＝＝＝＝＝＝＝＝＝＝＝

順調に剣を使っての【格上殺《かくうえごろ》しビルド】のスキル構成が整いつつあった。

このゲームでもっとも重要なのは攻撃力だ。

【黒月の剣】【剣術レベル３】【ジャイアントキリング】は効果が重複するため、格上の敵を葬るのに大いに役立つ。

【矢弾き】があれば、遠距離攻撃をかいくぐって、敵に接近することが可能だ。

今後も剣術スキルを伸ばしつつ、攻撃力上昇効果を持つスキルを獲得していけば、格上の敵を倒して最速でレベルアップできる。

「カイン兄様、良かった！　お怪我はありませんか？」

「ああっ、セルヴィアの援護のおかげだ。よくやってくれたな！」

セルヴィアが抱きついてきたので、頭を撫でてやる。

ゲームでもお世話になったけど、現世でも俺をこんなにも助けてくれるなんて、愛おしくてたまらない。

「うれしいです。兄様のお役に立てたのですね！」

だけど、セルヴィアと勝利の余韻にひたる余裕はなかった。

別の大問題が発生してしまったからだ。

「あ、あんたは……もしかして、【世界樹の聖女】様なのか？」

アッシュが姉の口に【強化回復薬】を注ぎながら、俺たちを見つめていた。

「あんたじゃなくて、セルヴィアです……」

セルヴィアは苦虫を噛《か》み潰したような顔をしていた。

俺を助けるためとはいえ、正体を露呈させてしまったからな。

「アッシュ……セルヴィアは正体がバレれば、俺と引き裂かれて、レオン王子の婚約者にさせられてしまうんだ。このことは黙っていてもらえないか？」

俺はアッシュを説得することにした。

「はい、お願いです。レオン王子は【世界樹の聖女】の力を戦争に利用するつもりなんです。なにより、私はもう決してカイン兄様と離れ離れになりたくありません」

セルヴィアが王宮に連れ戻されれば、彼女は敵国であるアトラス帝国に凶作と餓《う》えをもたらすことを強要されるだろう。

セルヴィアに、そんな辛い思いをさせるわけにはいかない。

最悪、アッシュを1年間どこかに幽閉してでも秘密を守り抜かねばならない。

「見くびんな。俺と姉ちゃんの命の恩人を売るような真似は絶対にしねぇよ！」

アッシュは心外だとばかりに叫んだ。

「それに【世界樹の聖女】様は、森と調和して生きる俺たちエルフにとっては神様そのものだ。お会いできて光栄ですセルヴィア様！」

生意気だった態度が１８０度変わっていた。

アッシュはセルヴィアを尊敬の目で見つめている。

そう、エルフにとって【世界樹の聖女】は崇拝の対象なのだ。

教会の伝承にもあるが、【世界樹の聖女】は、この世界を支えている世界樹の化身なのだという。

「……セルヴィアのことを仲間のエルフに知らせて騒ぎ立てたりしないか？」

「そんなことは絶対にしねぇよ、カイン！　なにより元々の部族が滅びちまったせいで、俺たちはどこの部族にも所属できなくて、根なし草となって各地を放浪しているんだぜ？」

なるほどな。

エルフは大規模な集落を作って森で生活しているが、非常に閉鎖的なのが特徴だ。余所者《よそもの》の逗留《とうりゅう》は許しても、コミュニティに受け入れたりは滅多にしない。

そのため、姉弟で各地を旅しているのだろう。

「他の誰にも、たとえ同じエルフだろうと、姉ちゃんにだって、セルヴィア様の秘密を漏らすようなことはしないと誓う！」

「ありがとうございます、アッシュ」

「はい、セルヴィア様！」

アッシュはセルヴィアに向かって、ひざまずいた。

「秘密を守ってくれるなら、ありがたい！　どうかな？　行くあてがないなら、姉さんと一緒に、専属薬師としてシュバルツ伯爵家に仕えないか？」

「本当か!?　い、いや、本当ですか!?」

薬師なら、セルヴィアの【世界樹の聖女】の力と相性バッチリだ。

セルヴィアの召喚する特殊な植物から、次々にレアリティーの高い薬を量産してもらえるだろう。

なにより、屋敷の中にいてもらえれば、秘密を漏らさないように監視もできる。

「う、うーん……」

「あっ、姉ちゃん!?」

その時、アッシュの姉が目を覚ました。【強化回復薬】が効いたらしい。

彼女はラピスラズリのような青く美しい瞳で、俺たちを見つめる。

「良かった、気がついたのですね」

「あ、あなたたちは……？」

「カイン、いやカイン様と、セルヴィア様が俺たちを助けてくれたんだよ！　カイン様はすげぇ強くてブラッドベアーを倒してくれたんだ！」

「えっ!?　カイン様とセルヴィア様って!?　ま、まさか、領主のご子息様ですか!?……あわわわっ！　あ、ありがとうございます。私はリルと申します！」

リルはその場に両手をついて、お礼を述べた。

弟と違って、礼儀正しい娘のようだった。

「しかも、根なし草の俺たちを専属薬師として、雇ってくれるっていうんだ！」

「そ、そんな、なにからなにまで……ありがとうございます！」

その時、リルのお腹《なか》が盛大に鳴った。

彼女の顔が真っ赤になる。

「あぁああっ、お、お見苦しいところを……」

「まずは、帰って食事にしようか。ふたりの歓迎会を兼ねて、今夜は宴だな」

「本当か!?　すげぇや、さすがはカイン様！」

アッシュが大歓喜して賛同した。

「まったく、調子が良いですね……でもカイン兄様のすばらしさを理解してくれたのなら、これまでの兄様への無礼は許してあげます」

「うおっ、セルヴィア様！　は、はい、もちろんです！」

思わず苦笑してしまいそうなアッシュの手の平返しだった。

でも、この様子なら、裏切られる心配はないだろう。

「と、帰る前に……」

俺は倒したブラッドベアーから、高く売れる素材を刈り取ることにした。

【ブラッドベアーの牙】【ブラッドベアーの爪】【ブラッドベアーの毛皮】などだ。

今後はスキル獲得やレベルアップだけでなく、金策も必要になってくる。

強くなるためでもあるが、いずれなんらかのかたちで、レオン王子はセルヴィアへ嫌がらせを仕掛けてくるだろう。

それに備えるためにも、自由に使えるお金が必要だった。

「あ、あらためまして、カイン様。エルフの薬師リルと申します。薬作りしか能がありませんが、ご恩をお返しできるように弟のアッシュと共に、せ、精一杯がんばります！」

「ありがとう、よろしくリル。【薬師レベル5】なんだって？　すごいじゃないか！」

「あわわわわっ、で、でもそれ以外は、全然ダメで！　はぅ!?」

ぺこりと頭を下げたリルと、俺は握手を交わす。

なぜか、リルは顔を真っ赤にして慌てまくっていた。かなりシャイな娘みたいだな。

「できればリルさん、私に薬師スキルを教えていただけませんか？　アッシュによると私の作成した回復薬は、ダメダメみたいで……」

「うわっ!?　あの回復薬はセルヴィア様の自作だったのかよぉおお!?」

どうやら、屋敷がまた少し賑《にぎ》やかになりそうだった。

3章　最強の兵団を組織する

俺が前世の記憶を取り戻してから、90日ほどが経った。

この間で、俺を取り巻く環境は大きく変わった。

まずひとつは、早起きして敷地を走っていると、若いメイドたちが黄色い声援を送ってくれるようになった。

以前なら、絶対にあり得なかったことだ。

「きゃぁあああッ！　カイン様よ！」

「汗を流すカイン様、かっこいい！　目線いただきましたッ！」

「ステキ！　こっち向いてください！」

こ、これはヤバい……正直、うれしすぎてニマニマしてしまう。

俺は前世を含めてずっと童貞で、女の子にモテたことなんてなかったからな。

「……カイン兄様、口元がニヤケすぎです」

俺と並走するセルヴィアの口が、への字になっていた。

「うぉっ!?　セルヴィア一筋の俺としたことがッ！」

マズイ。頬を叩いて、俺は気合いを入れ直す。

セルヴィアは俺と一緒に修行がしたいと、早朝ランニングに毎日付き合ってくれていた。

最推しヒロインと汗を流せるなんて、こんな幸せなことがあるだろうか？

「でも、みんなにカイン兄様の素晴らしさが伝わったのは、喜ばしいことですね！　今や兄様は、『シュバルツ伯爵領の守護神』と呼ばれていますよ」

「いくらなんでも大袈裟《おおげさ》なあだ名だと思うけどな……」

「そんなことはありません。カイン兄様は、まさしく神です！　GOD《ごっど》です！」

胸を張るセルヴィアは、どこまでも誇らしげだ。

領民を悩ませていたAランクの魔獣を討伐したことで、俺の株は急上昇した。

その後も、冒険者ギルドでは対応できない高ランクの魔物を退治し続けたおかげで、俺のことを守護神などと崇《あが》め始める者も出てきた。

……正直、いたたまれない。

魔物退治は、俺のレベル上げのため、セルヴィアと幸せになるためにやっていることだ。

なのに、民のために身体を張って魔物と戦う聖人扱いされていた。

「……一体、どういうこと？」

思わず、ボヤいてしまう。

ただゲーム本編が始まってもいないのに、高ランクの魔物が出没しすぎなのは、気になるところだった。

……もしかすると、ここは周回プレイの世界なのかもしれない。

2周目以降は難易度が高くなり、レアな魔物が出現しやすくなるのだ。

だとすると最悪、勇者アベルは周回プレイで、最高レベルの99になっている可能性がある。

思わず背筋が凍りついた。

俺のレベルは23にまで上昇しているが、この成長ペースじゃ全然、勝負にならないぞ。

あと9ヶ月で、最低でもレベル70になっていないと勝ち筋が見えないな……

俺は頭をフル回転させた。

レベル上げに最適な方法は、高レベルモンスターの討伐だ。

ボスモンスターを裏技でリポップさせての討伐マラソンをやるしかない。

そのためには死体を蘇生《そせい》させる死霊魔法が必要なんだが……

「きゃあ！　カイン様、がんばってください！」

「うぉ!?」

俺が近くを通ると、メイドたちはアイドルにでも遭遇したかのように大はしゃぎした。

そのせいで、思考が中断される。

「お前たち、カイン坊ちゃまの邪魔をしてはならんぞ。カイン坊ちゃまこそ、愛のために茨の道を突き進む騎士の中の騎士ぃいいいいッ！」

「はぁいいいいッ！　ランスロット様！」

ランスロットの一喝に、メイドたちは目をハートにして頷く。

……『愛のために茨の道を突き進む騎士の中の騎士』って、なんじゃそりゃ。

妙な高評価をランスロットからもらっていた。

「カイン坊ちゃま！　薬売りの商売を始められたのは、領民を守るための私設兵団を組織するためだったとは……このランスロット、感動いたしましたぞぉおおおおッ！」

駆け寄ってきたランスロットが、暑苦しい顔を近づけてきた。

「うぉ!?　ランスロット!?」

最近、俺が何かするたびに、『このランスロット、感動いたしましたぞぉおおおおッ！』と叫ぶので、ちょっとうっとうしい。

正直、ランスロットの方が、ランニングの邪魔のような気が……

ブラッドベアー討伐を冒険者ギルドに報告しに行った時など、なぜかランスロットもついてきて、冒険者たちの前で、俺を絶賛して非常に居心地が悪かった。

弟子の活躍がうれしいのはわかるし、ありがたいことなんだけどな。

「ま、まあいいか、ちょうど良かった。よしセルヴィア、そろそろ休憩にしようか」

「はい、カイン兄様」

ランスロットとも話しておきたいことがあったので、俺は足を止めて汗を拭う。

ここ最近で大きく変わったことのもうひとつは、薬売りの商売が当たったことだ。

アッシュとリルの薬師姉弟が、セルヴィアの召喚するレアな植物素材を使って、最高品質の薬を作成してくれていた。

それを父上の知り合いのアトラス帝国の商人を通じて、売りさばいているのだ。

王国内で薬を売れば、レア素材の出どころを追及される恐れがあるが、帝国に流すのであれば、そのリスクは低い。

これである程度まとまった資金が手に入ったので、俺はそれで私設兵団を創ることにした。

「ランスロット。頼んでおいた品は、今日届くんだよな？」

「はっ！　その通りでございます！」

ランスロットは実直に腰を折る。

「まさか御年15歳にして、このようなことをお考えになられるとは……カイン坊ちゃまは末恐ろしいお方です」

「……そうかな？」

ゲームの攻略法をそのまんま使っているにすぎないのだが……これは、この世界では一般的ではないのか？

「ご謙遜を。ふつうは思いついたとしても、実行には移せません。軍隊の在り方を変えてしまおうなどとは……お見逸《みそ》れいたしました！」

ゲーム【アポカリプス】は、領地経営や戦争の要素もあり私設兵団を組織することができた。

ここで問題になるのが、どうすれば最強の兵団を創れるかだ。

ネット上で激論が繰り広げられたが、後半になって手に入る、ある高価なアイテムを使うのが、もっとも理にかなっているという結論になった。

その大量注文をランスロットに頼んでおいたのだ。

「ランスロット、俺は最強の兵団を組織したい。手を貸してくれるか？」

「ははぁっ！　領民のために私財をなげうつとは……なんと高潔なるお志！　不詳このランスロット。全力でお力添えいたします！」

「領民のための私設兵団ですか!?　さすがカイン兄様です！　まさに名君！『シュバルツ伯爵領の守護神』ですね！」

「えっ、領民のため……？」

ランスロットとセルヴィアは、なにか勘違いして大盛り上がりしていた。

全部、俺の最推しヒロイン、セルヴィアを守るためなんだが……

領民のために私設兵団を創るのだと思われている？　俺は慌てて誤解を解こうとした。

「いや、これはセルヴィアと幸せになるためで……」

「ありがとうございます、カイン兄様！　私、すごく幸せです！」

「領民の幸せが、ご自分の幸せだとおっしゃいますか……ッ!?　くぅ〜！　このランスロット感動いたしましたぞぉおおおッ！」

「どわっ!?」

ランスロットが感激のあまり、俺に抱擁してきた。

「カイン様のようなお方にお仕えできて、私たちも幸せです！」

「わぁ!?　すごいお話を聞いちゃいました！　また酒場でカイン様の噂話《うわさばなし》をしなくちゃ！」

噂好きのメイドたちが、はしゃいでいる。

俺の間違った噂が、また広まっていきそうだった。

「いや、ちょっと違うって!?　俺は俺のためにやっているだけで！」

「感動いたしましたぞぉおおおッ！」

ダメだ。話を聞いちゃいない！

「話は変わりまして、カイン兄様。実は今日、エリス姉様が私の服を買いに、街まで一緒に行ってくれることになりました。商人を屋敷に呼ぶのも良いけど、たまには外出したほうが良いでしょう、とのことです。もちろん、しっかり首輪をして出かけます」

「エリス姉上とセルヴィアが仲良くしてくれるのは、うれしいな。俺はやることがあって一緒に行けないけど……」

俺はランスロットを押しのけながら、セルヴィアと話す。

アイテムを注文した商人がやってくるので、留守にするわけにはいかない。

「わかりました。今度、ぜひカイン兄様ともご一緒に街に行きたいです」

「あっ、あああっ！　もちろん！」

花が綻ぶように微笑むセルヴィアを見て、俺の心臓が高鳴った。

今はまだ、セルヴィアと仲良く街を散策するわけにはいかないが、９ヶ月後にはそんな演技をしなくて済むようになってみせるぞ。

◇◇◇姉エリス視点◇◇◇

「今日も楽しかったわね！　こんな毎日が送れるのもカインのおかげだわ！　お姉ちゃん、ちょっとというか、かなり妬《や》けちゃうけど、セルヴィアには大感謝しているわ！　だって、カインが変わったのは、セルヴィアが戻ってきてくれたおかげだものね！」

「えっ？　いえ、特に私は何も……カイン兄様は、そんなにお変わりになられたのですか!?」

街からの帰りの馬車で、私はセルヴィアの手を取って感謝を伝えた。

セルヴィアは戸惑ったように目を瞬いている。

「そうよ！　カインってば、別人みたいに剣術に打ち込みだしてスゴイ魔獣をやっつけちゃうし、薬売りの商売にも成功して、領内の評判も鰻登《うなぎのぼ》り！　やっぱり愛の力は偉大よね！」

カインは見た目も痩せてかっこよくなった。

そして、屋敷の使用人にもやさしくなって、今では、メイドの間でファンクラブまで結成されているわ。

くぅうううッ！　正直、血の繋がった姉弟でなければ、私がカインと結婚したいところよ。

「あまりにもうれしくて御用商人相手に、弟自慢大会を開いてしまっているわ！　……ところで、あなたたち、もうキスとかしたの？　したのよね。どうだったのぉおおおッ!?」

私はズイッとセルヴィアに身を寄せた。

ふたりの仲を取り持つためにも、ぜひとも聞いておきたいところだわ。

「いえ、そ、それが……カイン兄様は私にご自分から触れようとはなさらず、そういったことは一切ありません」

セルヴィアはかなり気落ちした様子だった。

「緊急事態の時に一度、お姫様抱っこをしていただいたくらいです。あとは、ううぅっ……」

あっ、あちゃー。

これは聞いてはいけないことを聞いてしまったかも……

私はすぐさまフォローに回る。

「えっ？　だってカインってば、セルヴィアとの仲をレオン王子に認めさせるために、日々頑張っているよね？」

「その通りなのですが……カイン兄様は、まだ自分はセルヴィアにふさわしい男になっていないと仰せで。それまでは、私に触れるようなことは決してしないと。そんなことは絶対にないのに……」

「へ、へぇ～っ」

婚前交渉をしないのは、セルヴィアを大事に想ってのことだから、良いことだと思うけど……

キスもなしだと、セルヴィアを不安にさせちゃうじゃないの？

「……この前、薬師のリルに【服を絶妙に溶かす魔法薬】を作ってもらって、カイン兄様に、私を縛った上でその薬をかけてくださいと要求したのが、イケなかったのでしょうか？」

「うっ、それはちょっと、踏み込みすぎちゃった？」

カインって、意外と純情なのよね。

逆にセルヴィアは目的のために、周りが見えなくなるところがある気がするわ。

「あ、明らかにキスより、数段上の要求よね？」

「虐待ごっことして、最適だと思ったのですが。これで距離を詰めたかったのに、し、失敗しました……」

セルヴィアは暗く沈んでいる。

うぉ。ヤバい！　私の余計な一言で、ふたりの恋路を邪魔しちゃったら、大変だわ。

「だ、大丈夫よ。それくらい！　カインのあなたへの愛は本物だわ！　だって、早朝ランニングも素振り３０００本の剣術修行も毎日欠かさず行っているのよ。これって、もう愛がなければ絶対に不可能だわ！」

「ありがとうございます。そ、そうですよね……」

「だから、変に不安に思うことも、焦る必要もないわ！　だって、あなたたちは……！

『相思相愛』と言おうとして、私は言葉を飲み込んだ。

「はい。私は不安になっているのだと思います。もしレオン王子に私たちの関係がバレたらと……」

セルヴィアはスカートをギュッと握った。

セルヴィアがカインと、焦って距離を縮めたがるのも無理はないわね。

何かの拍子に、ふたりはまた引き裂かれてしまうかもしれないのだもの。不安にならない方がおかしいわよね。

「それは……うん、大丈夫よ。偽の報告をレオン王子に送っておけば、バレっこないわ！」

今のところ、レオン王子から不審がられている気配はないわ。

以前、カインがレオン王子に思い切り媚を売っていたのが、功を奏しているみたいよ。

なにか、三流の小物悪役みたいに、以前のカインはヘコヘコしていたのよね。アレもセルヴィアを守るための計算の内だったとしたら、すごいわ。

「はい。なにからなにまでありがとうございます！」

「街で素敵なドレスも買えたし！　帰ったら、さっそく着てみましょう。きっとカインってば、セルヴィアの可愛《かわい》さに鼻血を吹き出すわよ！」

「クスッ……そうだと良いですね」

そう言ってセルヴィアは微笑んだ。

もうカインってば、せっかくセルヴィアが望んでいるんだから、キスくらいしてあげればいいのにね。

よし、ここはお姉ちゃんである私が、一肌脱ぐしかないわ。

その時、突然の爆音と同時に馬車が横転した。

馬の悲痛ないななきと共に、すさまじい衝撃が襲う。

「きゃぁあああ!?　な、なにッ!?」

乗客を保護する防御魔法がかかっていなかったら、大怪我をしていたわ。

何が起こったか確認すべく、私は慌てて馬車から這《は》い出《だ》す。

「ヒャッハー！　エリス、よくもこの俺様の求婚を断ってくれたなぁあああッ!?　俺様がせっかく好きになってやったってのによぉおおおッ!?」

すると激高した少年貴族が、大勢を従えて仁王立ちしていた。

「あなたはゴードン⁉　まさか今のは、あなたの仕業なの⁉」

ゴードンは隣領の領主オーチバル伯爵の長男だ。

「ああっ、エリス。お前は美しいぃいいッ！』とか言って、私に求婚してきたのだけどタイプではなかったので、速攻で断った。

それがなぜか、１００人近くはいるであろうガラの悪い男たちを従えて、私を威圧的に包囲している。

「アヒャヒャヒャ、その通りだぜ！　魔法の天才であるこの俺様がタイプじゃないだと⁉　ちょっとカワイイからって調子に乗りやがってよ！　だから、山賊どもを雇って思い知らせに来てやったぜ！　どうだ俺様の偉大さが少しは理解できたかぁあああッ⁉」

「ゴードン、こんなことしてバカじゃないの⁉　私のお父様が黙っていないわ。シュバルツ伯爵家と戦争になるわよ⁉」

「ならねぇーよ。目撃者はすべて始末して、お前は奴隷商人に売り払ってやるんだからなぁあああッ！」
コ、コイツ、本気なの？
私は血走った目をしたゴードンに恐怖を感じた。

「エリスお嬢様、お逃げ、ぎゃぁあああ⁉」

護衛の兵や御者が、ゴードンの手下たちに袋叩《ふくろだた》きにされる。

まさかシュバルツ伯爵領で、領主の娘である私を襲ってくる者がいるとは思わなかった。

「うひゃあああぁッ！　すげぇええ気持ちイイぜぇえええッ！　俺様を振りやがった女の生殺与奪の権を握るのはよぉおおッ！」

ゴードンは天を仰いで歓喜に震えている。

「ゴードン様！　もうひとり、上玉の娘がおりやすぜぇええ！」

「あひゃ！　コイツで楽しませてもらっていいですか!?」

「はぁっ……？　コイツは、もしかして王宮から追放された偽聖女のセルヴィアじゃねぇか？　なんで上等なドレスなんぞ着ているんだ？」

セルヴィアが馬車から這い出してくると、ゴードンたちの下卑た視線が彼女に集中した。

「やめなさい！　この娘は弟の大事な婚約者なのよ!?」

私はセルヴィアを後ろに隠して庇う。

「エリス姉様？　いえ、私は大丈夫ですので……姉様の方こそ危険ですので、下がっていてください」

セルヴィアは気丈にも、私に心配をかけまいとしているようだった。

「弟の婚約者だぁ？　おいおい、王家の信頼厚き父上から聞いたぞ？　レオン王子の命令で、お前らシュバルツ伯爵家はコイツを虐待するんじゃなかったのか？　まさか……ひゃあああッ、こいつは傑作だぜぇ。王家の意向に逆らうつもりたぁあなぁあああッ！」

ゴードンは馬鹿笑いした。

「こいつは運が向いてきたぜぇぇぇぇッ！　これは王家の命令を無視したシュバルツ伯爵家を成敗する正義の戦だ！　この大義名分があれば、シュバルツ伯爵家を潰して、俺様がその領地をいただくこともできるわなぁあああッ！」

「ちょッ!?　そんなことをしたら、大勢の人が傷つくことになるのよ!?」

「知ったことじゃねぇな！　アヒャヒャヒャヒャ！　俺様は俺様さえ良ければ、それで良いんだぁあああッ！」

なっ、なんてことなの？

私は愕然とした。

足元が崩れて奈落の底に落ちてくような絶望感……私たちは本当の家族になって、これから幸せになろうと決めた矢先だったのに。

シュバルツ伯爵領の民までも、ひどい目に合わせてしまうわ。

「およっ？　エリスちゃんてば泣いちゃってるのか？　ヒャッハー！　んじゃ、さっそく復讐タイムの始まりだぁあ！　その偽聖女はお前らの好きにして良いぞ。俺様はエリスで楽しむからなぁ！」

「うひゃ〜ッ！　ゴードン様、太っ腹ぁあああ！」

「感動っすぅううううッ！　一生ついていきます！」

ゴードンの宣言に荒くれ者たちは、ゲラゲラ笑い出した。

「はぁ……言いたいことは、それだけですか？　エリス姉様と、シュバルツ伯爵家に危害を加えようというなら、私は容赦はしません」

セルヴィアは決然とした目をゴードンたちに向けた。

「ちょ!?　何を言っているのセルヴィア？　まさか【プチファイヤー】しか使えないのに、戦うつもりなの？」

セルヴィアが魔法の修行をしていることは知っているけど……とてもじゃないけど、ゴードンとその手下どもに対抗できるほどの腕前とは思えないわ。

も、もしかしてこの娘、カインの魔物討伐に助手として参加して、変に自信をつけちゃったとか？

だぁああああっ！　マ、マズイわよ。

「ヒャッハー！　【プチファイヤー】だと？　その程度の魔法しか使えないクソ雑魚の分際で、天才魔法使いであるこの俺様に楯突《たてつ》こうってのか？」

ゴードンは爆笑しだした。

「アヒャヒャヒャヒャ！　頼もしい相棒だなエリス？　今ならまだ間に合うぜ？　ゴードン様を愛していますと言って、ひざまずけぇえええ！　そうすりゃあ、俺様の愛人として生かしてやらんでもないぞ。あっあーん？」

「だ、誰があなたなんかに!?　私の弟のカインは強いのよ。高ランクの魔物を次々に退治しているんだからね！　私たちに手を出したら、カインが黙っていないんだからね!?」

「カインだぁ？　確かに、すげぇ魔獣を倒したなんて噂が聞こえてきてはいたが、どうせデマだろう？　あんなクソ野郎にそんな真似ができるはずがねぇ！　逆にお前の目の前で、ヤツを八つ裂きにしてやるぜぇぇぇッ！」

その時だった。

「カイン兄様をバカにする者は、私が許しません【プチファイヤー】！」

「はっ!?　ぎゃあああああッ!?」

セルヴィアが【プチファイヤー】の魔法を放つと、あたり一面が燃え盛る火の海になった。

「へっ？　な、何、この威力……？」

ゴードンたちは悲鳴を上げて転げ回っている。

私は目を疑った。

これほどの広範囲、高威力の火の魔法は、宮廷魔導士だって、そうそう使えないと思うわ。

「なんだ、この魔法は!?　詠唱もほとんどなしで……ありえねぇぞ！」

「そ、その偽聖女の仕業か!?　ぶっ殺せぇぇぇッ！」

だけど、セルヴィアの超火力攻撃は、ゴードンらの怒りを買ってしまったらしい。

彼らは、セルヴィアに一斉に襲いかかろうとする。

「くっ、仕方ありません。では、手加減抜きで……」

その時だった。

荒くれ者のひとりが、悲鳴を上げて吹っ飛んだ。

えっ？

「セルヴィア！　エリス姉上、無事かぁあああッ!?」

「びぎゃあああ!?」

「な、なんだッ!?」

ちょ!?　ひとりだけじゃないわ。

筋骨隆々とした男たちが、爆発でも起きたかのように宙を舞っては地面に叩きつけられていく。

そんななか男たちの集団に突っ込み、怒濤《どとう》の勢いで彼らを跳ね飛ばしているのは……

「カイン!?」

「カイン兄様！」

男たちを蹴散らして、私の前に立ったのは愛する弟のカインだった。

えっ、ウ、ウソ。すごい勢いで強くなっているのは知っていたけど、まさかこれほどだったなんて……

「この野郎ッ！　ぶっ殺してやる！」

男たちがカインを取り囲んで、戦斧《せんぷ》を振り下ろす。だけど、カインは剣の一振りで全員、弾き飛ばしてしまった。

け、桁違いのパワーだわ。

「だ、誰だお前は!?　この俺様をゴードン・オーチバルだと知ってのことかぁああッ!?」

「カイン・シュバルツだ。お前こそ、俺の顔を忘れたのかよ、ゴードン？」

「な、なにぃ……？　お前があのクソ雑魚カインだと？　雰囲気が、まるで別人じゃねぇか!?」

「よくもセルヴィアとエリス姉上に手を出したな……地獄に叩き落としてやる！」

そう言って剣を構えたカインは、めちゃくちゃかっこよかった。

◇◇◇カイン視点◇◇◇

『剣術スキルの熟練度を獲得しました。

剣術スキルがレベル４に上昇しました！

剣技の命中率と攻撃力が40パーセント上昇します』

俺の頭の中に、システムボイスが鳴り響いた。

高ランクの魔物討伐を繰り返したことに加えて、初の対人集団戦を経験したことで、俺の剣術は一段階上の領域に到達できたのだ。

「アヒャヒャヒャ！　お前があのカインとは驚いたが……甘い甘いぜぇえええ！　【倍速強化《ヘイスト》】【対火属性魔法《レジストファイヤー》】！」

ゴードンは嘲笑を浮かべながら、速度強化と火属性魔法の耐性を上げるバフ魔法を手下どもにかけた。

「これほどの人数に一斉にバフをかけるとは……」

これには、いささか驚いた。

ゴードンはゲーム本編に未登場だったが、かなりの魔法の使い手のようだな。

「ヒャッハー！　当然だ、俺様は天才だからな！　おい、お前ら」

「へいッ！」

荒くれ者たちが口の端を吊り上げる。

バフ魔法で強化されて、気持ちが大きくなっているらしい。

「させません。エリス姉様は私が守ります」

「セルヴィア！　あ、ありがとう！」

セルヴィアがエリス姉上の前に、毅然と立つ。

「アヒャヒャヒャヒャ！　バカが！　お前はどう考えても火属性魔法特化型だろう？　なら【対火属性魔法】の魔法をかければお前なんぞ、ただの雑魚だぁあああッ！」

「いや、そんなことはないんだけどな……」

いきり立つゴードンに、俺はツッコミを入れた。

セルヴィアの【アルビドゥス・ファイヤー】は、厳密には魔法ではないため魔法防御系の魔法では防げないのだ。

ただ、火力の高さと制御の難しさが災いして、人間相手にはおいそれと使えなかった。下手をすると、こいつらを殺してしまう。

そのことはセルヴィアも理解しているため、難しい顔をしていた。

「手を出さなくて大丈夫だセルヴィア。今回は助《すけ》っ人《と》を連れてきている」

「えっ……？」

「カイン坊ちゃま！　ランスロット、ただいま参上いたしましたぞ！」

荒くれ者どもの頭上を跳び越して、燕尾服姿のランスロットが降り立った。

ランスロットは、エリス姉上に襲いかかろうとしていた雑魚どもを一瞬で叩きのめした。

その手には、幅広の騎士剣が握られていた。本来は馬上で扱い、鎧ごと敵を叩き潰すための大剣だ。

「ランスロット！　ふたりを護衛してくれ。俺はゴードンを叩き潰す！」

「はっ！　お任せあれ！　ふっ、それにしても……カイン坊ちゃまの脚力には、まったく驚かされますな。この私が置いていかれるとは！」

俺はランスロットに大幅に先行して、ここにやってきた。

毎日走り込みを続けた結果、俺の足は全速力の馬車にだって追いつける速さになっていた。

剣術の才能もそうだが、この身体のポテンシャルの高さには、あ然とする。

努力すればするほど、俺の身体は応えてくれる。

「カイン坊ちゃまが、なぜ毎日20キロ近くも走り込まれるのか、ようやく合点《がてん》がいきました。剣士にとって、速度とはすなわち命。剣術とは突き詰めれば、いかに相手より先に刃を届かせるかに終始します。そのためには、足腰を鍛えることこそ肝要……そのための修行だったわけですな？」

「いや、敵から逃げるのが目的だったんだが……」

脚力の上昇という成果が出るのがおもしろくて。姉上とセルヴィアに応援されるのが気分が良くて、ついつい毎日、過剰に走ってしまっていた。

気づけば俺は、毎日20キロ近くも走っていたのか……

これではエリス姉上が、途中で俺の早朝ランニングについてこられなくなったのも、無理はない。

セルヴィアだけは、毎日、ゼーゼー言いながら、未だに付き合ってくれていた。

「ご謙遜を！　このランスロット、感服つかまつりました！」

ランスロットは実直に腰を折る。

「なに!?　ちょ、ちょっと待て、ランスロットだと？　ま、まさか元近衛騎士団副団長の!?」

「あの王国最強の名をほしいままにした伝説の騎士ランスロットですかい!?」

ゴードンたちはランスロットの正体を知って、恐れおののいた。

「お、俺様は父上からランスロットだけは敵に回すなと言われてきた。ヤツがいないことを確認して、襲撃したってていうのに……ッ！」

唇を噛んで、ゴードンは悔しそうにランスロットを睨みつける。

「ふっ、私など。真に強い男は、カイン坊ちゃまです。愛する者を守るためにどこまでも努力し、強くなる。まさしく理想なる騎士道の体現者ぁあああぁッ！」

「なにっ!?　ま、まさかランスロットにここまで言わせるとは……ッ!?」

俺は別に騎士道になど興味はないのだが……ランスロットに言わせると俺は理想の騎士らしい。

「我が忠誠はカイン坊ちゃまに捧げております。カイン坊ちゃまより『おふたりを守れ』と命じられたからには、騎士としてたとえ命尽き果てようとも、その使命をまっとうする所存。このランスロットの剣を恐れぬなら、かかってくるが良い！」

剣を構えたランスロットから、鬼気迫るオーラが放たれた。ドン！　と、その身が何倍も巨大になったような威圧感を受ける。

「ひゃぁあああッ！　こんなの聞いてねぇぞ！」

「俺たちは楽に大金が稼げると聞いて、来ただけだ！」

荒くれ者たちは怖気《おじけ》づき、数人が我先へと逃げ出した。

「おい、お前たちはシュバルツ伯爵領で、さんざん略奪行為を繰り返してきた山賊だろ？　逃がすと思っているのかッ!?」

俺は逃げた男たちを追いかけて、剣で容赦なくぶっ叩いた。何度も素振りをして鍛えた真向斬りだ。

使っているのは練習用の模造刀だから死ぬことはないが、ヤツらは一撃で昏倒《こんとう》する。

こいつらは、セルヴィアとエリス姉上を暴行した上で奴隷にするなどと言っていた。だったら、容赦する必要など微塵もない。

それに……

ゲームではエリス姉上は存在していなかった。もしかするとゲームの世界では、エリス姉上はこいつらに拉致されたのかもしれない。

その悲劇が、元々性根の曲がっていたカインをさらなる極悪人にするきっかけになったのかもな。

「ちくしょうぉおおおッ！　お前ら逃げるな！　俺様を守れ！　ソイツを、カイン・シュバルツを倒した者には、金貨10枚のボーナスをやるぞ！　押し包んで殺《や》れぇえええッ！」

ゴードンが取り乱して叫ぶ。

何人かが士気を取り戻して俺を取り囲もうとするが……動きが遅い。【倍速強化】のバフ魔法でスピードは上昇していたが、無駄な動作が多すぎる。

俺は囲まれる前に、ソイツらを一撃で全員仕留めた。

ドサッと一気に5人の男が地面に崩れる。

ユニークスキル【黒月の剣】による闇属性力の追加ダメージは、発生させないようにしていた。

もしこれを発動させれば、確実にこいつらの命を奪ってしまう。こいつらは、生かして罪の償いをさせねばならない。

「お見事！　さすがはカイン坊ちゃまです」

「すごいわカイン！　あなたって、こんなに強くなっていたのね！　かっこいい！」

エリス姉上が声援を送ってくれる。

そう、エリス姉上は、いつだって俺を応援してくれた。

俺たち姉弟は母上を早くに亡くした。当時は姉上もまだ幼く、自身も母が恋しかっただろうに、背伸びして俺の母親代わりになってくれた。

エリス姉上を傷つけるようなヤツは、誰だろうと許さない。

「ちくしょうぉおおおおッ！　【ファイヤーボール】！」

ゴードンが火の魔法を連続で放ってくる。

避ければ、エリス姉上に直撃するコースだ。

これなら俺が逃げられないと思ったのだろうが、甘いな。

「はぁあああああああ――――ッ！」

俺は飛来してきた【ファイヤーボール】を剣ですべて叩き斬った。

本来、魔法を斬ることはできないが、【黒月の剣】による闇属性力は、魔法をも蝕んで消滅させる。

「はぁああッ!? お、俺様の【ファイヤーボール】が無効化されだとッ!? なんだそれは!?」

「これがカイン兄様のユニークスキル【黒月の剣】の効果です。兄様に魔法攻撃は通用しません」

得意満面で解説するセルヴィアに、ゴードンは目を剝《む》いた。

「ん、んな話は聞いてねぇぞ!?」

「左様。スキル【矢弾き】と【黒月の剣】の組み合わせにより、飛び道具も魔法も通じない。カイン坊ちゃまに勝つには、接近戦で競り勝つしかないということです。それはこの私でも、骨が折れますがな」

ランスロットの一言は、ゴードンとその手下どもを恐慌状態に陥れた。

「な、なんで貴族のボンボンがこんなに強いんだぁ!?」

「ありぇねだろうぉおお!?」

「ま、待て降参、ぎゃぁあああああッ！」

ふざけたことを抜かした者もいたが、俺は問答無用で次々に打ち倒していく。

ひとりも逃がすつもりはない。脚力を活《い》かし、背を向けた者から、優先して叩きのめした。

「ひゃぁあああッ！　お、俺様を傷つけたりしたら、お前がレオン王子の命令を無視したことを王家に告げ口してやるぞぉおおお！　そしたら、お前ら全員、破滅……ッ！」

「そんなことを許すと思うか？」

俺は喚《わめ》き散らすゴードンの足を叩いて、骨を砕いた。これでコイツは逃げられない。

「ひぎゃぁあああッ！　痛い、痛いよママぁあ！　父上にもぶれたことないのに!?」

気づけば俺の周りには、１００人近い荒くれ者たちが倒れていた。こいつら手応えがなさすぎるな。

「よし、ランスロット。商人から買い取った例のものを」

「はっ！」

ランスロットが鞄《かばん》から、スクロールを取り出す。

「そ、それは【奴隷契約《どれいけいやく》のスクロール】!?　ま、まさかお前……俺様を奴隷にぃいいいッ!?」

ゴードンの顔が、絶望に歪んだ。

ゲーム【アポカリプス】で、最強の私設兵団を創る方法。それは主人公に絶対服従の奴隷のみで、兵団を組織することだ。

そのために必要なアイテムが【奴隷契約のスクロール】だった。かなり値が張ったが、俺はこれを100枚以上購入した。

「さすが貴族、よく知っているじゃないか？　このスクロールに署名すると、俺の命令に逆らった瞬間、死ぬほどの激痛が走る呪いがかかる。つまり、俺に一生仕える奴隷となるんだ。お前たちにはこのスクロールに署名してもらうぞ！」

「お、鬼かぁあああっ⁉」

ゴードンは恥も外聞もなく泣き叫んだ。

「いや、鬼って……戦に破れたら、殺されるか奴隷にされるのが、この世界の常識じゃないのか？　特に貴族を捕らえて奴隷にするメリットは大きい」

そのための【奴隷契約のスクロール】だ。

貴族は能力値が高い者が多く、高価な武具や装飾品を身に着けている。貴族を奴隷にして、その財産を没収して売り払い、また【奴隷契約のスクロール】を買う無限ループに入るのが、戦争パートの必勝法だった。

なにより奴隷は、兵として有用性が高いユニットだ。

ゲームでは【忠誠心】というパラメーターが存在し、これと兵の戦闘能力は比例関係にあった。【忠誠心】が高ければ高いほど、強力な兵となる。

忠誠心が10以下になると、脱走されたり、最悪、裏切られたりされるのだが、奴隷にしてしまえば【忠誠心】は常にマックス100を維持できた。

ちなみに、ネット上では『帝国より鬼畜な勇者（笑）』『奴隷制度は人類史上もっとも優れた制度です』『美少女奴隷ハーレム王に俺はなる！』などと言われてネタにされていた。

「さすがはカイン坊ちゃま、まことに慈悲深くあられます！　山賊を奴隷契約で兵士とすることで罪を償う機会をお与えになるとは……ッ！　本来なら山賊は例外なく死刑ですからな！」

ランスロットが感銘に声を震わせる。

ゴードンに雇われた山賊どもは、真っ青になっていた。

「なによりカイン坊ちゃまに絶対服従の軍隊を組織できます。死ねと言われたら死ぬ兵こそ、最高の兵士です！」

「……セルヴィアの護衛を任せるなら、俺を絶対に裏切らない連中じゃないとダメだからな」

セルヴィアを【世界樹の聖女】だと知った上で、決して秘密を漏らさない兵で彼女を護衛したかった。

それには、兵はすべて奴隷で構成するのが最良だ。

「カイン、薬売りの商売を始めたのは、【奴隷契約のスクロール】を買うためだったの？」

エリス姉上が目を丸くする。

「はい姉上。もともと、シュバルツ伯爵領を荒らし回ってる山賊を捕らえて、奴隷契約を結ばせようと考えていたんです。それで、ずっと山賊どもの動向をうかがっていました。今回、商人から山賊どもが集まっているという知らせを受けて、何か良からぬことを企てているのではと思って急行したら、エリス姉上とセルヴィアが襲われていたんです」

「はひゃ～ッ。お姉ちゃん、驚いたわ。カインってば、領民のためにそこまで考えていたのね！」

エリス姉上は、なにか勘違いして感激していた。

「えっ……？」

いや、罪もない人を奴隷にするわけにはいかなかったからなんだけど。

それに山賊なら兵士として、即戦力になってくれると思った。

「さすがはカイン兄様です！　魔物退治の次は、山賊退治ですか!?」

「カイン坊ちゃまは、まさに名君であらせられます！　このランスロット、感動しっぱなしですぞぉおおおッ！」

セルヴィアとランスロットが、例によって感嘆の声を上げている。

誤解を解くのは無理そうだし、今はそれどころではないので、スルーすることにする。

「あ、謝る！　謝るから俺様だけは見逃してくれぇえええッ！　俺様はオーチバル伯爵家の次期当主だぞ！　俺様を奴隷にしたら、大問題だぞ！　オーチバル伯爵家と戦争になるぞぉおおおッ!?」

「お前を奴隷にしたことを公言しなければ、なんの問題もないだろう？　ここであったことを告げ口するようなヤツは、誰もいないしな」

俺はランスロットから【奴隷契約のスクロール】を受け取って、ゴードンに突きつけた。

「さあ、これに名前を書け。もし断れば、お前にはここで死んでもらうぞ。それでオーチバル伯爵家と戦争になろうが、俺は一向に構わない。これはお前らが仕掛けてきたケンカだろ？」

「ひぃっ！」

俺が本気であることが伝わったのだろう。ゴードンは小さな悲鳴を上げた。

ヤツはしばらく身体を屈辱に震わせていたが、やがて観念したようだ。

ランスロットからペンを受け取ると、【奴隷契約のスクロール】に名前を書いた。契約成立だ。

「こ、この俺、ゴードン・オーチバルは、カイン・シュバルツ様に、ぜ、絶対なる忠誠を誓います！」

ゴードンは泣きながら、俺に臣下の礼を取った。両手を地面につけ、額を地面に打ちつける。

「よし。俺も鬼じゃないし、あんまり無茶な命令をする気はないから、心配するな」

「ほ、ホントですか……？」

俺が肩を叩くと、ゴードンはほっとしたようだった。

「いずれレオン王子率いる王国軍とやり合う時が来るかも知れないから、その時、オーチバル伯爵家に援軍に来てもらうだけだ」

「ひゃぁあああッ！　王国軍とやり合って、そんな嘘ぉおおおッ!?」

ゴードンは嫌がっているが、決して拒否することはできない。

俺の命令を拒否すれば、耐えがたい痛みがヤツを襲うのだ。この痛みから逃れるためなら人間はなんでもする。

「無論、本気だ。うん、大丈夫だ。勝てるから」

「嫌だぁあああああッ！」

「……カイン兄様。ありがとうございました。おかげで、助かりました」

セルヴィアが唇を震わせて、俺を見つめた。

「遅れてホントにごめん、セルヴィア！　どこも怪我していないか!?　エリス姉上をよく守ってくれた！」

もしセルヴィアが怪我でもしていたら、ゴードンたちには、さらなる地獄を味わってもらうところだった。

俺の目の届かないところでセルヴィアを護衛するためにも、やはり私設兵団は必要だな。

「はい、カイン兄様に教えていただいた【アルビドゥス・ファイヤー】のおかげです。いざという時、身を守れる力があるのは、こんなにも心強いことなのですね」

「ええっ!?　セルヴィアのあの火の魔法って、カインが教えたものだったの!?」

「はい。すべて、カイン兄様のご指導のおかげです！」

エリス姉上とセルヴィアが手を取り合って喜んでいる。

俺はゴードンの手下どもに向かって宣言した。

「さあ、お前らも、ひとり残らず俺と奴隷契約を結んでもらうぞ。死か服従か、選べ！」

俺には傲慢な悪徳貴族として生きてきた経験がある。それを活かして威圧的に服従を迫った。

「は、はい！　もちろん服従を誓います！　だから殺さないでぇえええッ！」

その効果はてきめんだったようで、男たちはひざまずいて許しを請うた。

ランスロットがヤツらに【奴隷契約のスクロール】を配り、次々に俺の支配下に加えていく。

「じゃあ、ゴードン。最初の命令だ。まず、俺がセルヴィアを奴隷のように虐待しているのをシュバルツ伯爵家へ行った際に見たと王家に伝えろ。さらにオーチバル伯爵領でもその噂をばらまくんだ。それと今後、オーチバル伯爵家とシュバルツ伯爵家は盟友だ。そこんとこヨロシクな！」

「は、はいぃいいいッ！」

「すごい！　こいつらをやっつけちゃっただけでなく、オーチバル伯爵家との関係まで改善しちゃうなんて、なにからなにまで凄すぎよカイン！」

「まさしく！　武人としての資質だけでなく、領主としての政治手腕もお持ちとは。さすがはカイン坊ちゃまであります！」

「はい、カイン兄様は世界最高です！　まさに神です！」

セルヴィアたちが尊敬の眼差しを向けてきた。

俺はゲーム知識を使って最適な行動を取っているだけなので、こそばゆい。

俺はさっそく男たちに命令する。

「よし、今日からお前たちは俺の手足【シュバルツ兵団】だ！　さっそく特訓だ！　シュバルツ伯爵家まで走って帰って、それから剣の素振り１０００回だ！」

ここからは、コイツらを最強の兵士に育成するためのターンだ。

コイツらを使い物になるようにすれば、魔物討伐の効率も上がるだろう。

「ひゃぁあああぁッ！　そんないきなり……勘弁してくだせぇえええッ！」

「ダメだ！　お前たちが目指すのは、世界に名が轟くアトラス帝国の皇帝親衛隊にも勝る最強の軍隊だ！　俺の言う通りにすれば、相手が近衛騎士団だろうが、皇帝親衛隊だろうが必ず勝てる！　とりあえず半年で、Ｓランクの魔物が討伐できるようにするぞ！」

「無茶苦茶だぁあああああぁッ！」

荒くれ者たちの絶叫がこだました。

「おおおおおッ！　カイン坊ちゃまが組織される最強の軍隊、見たい！　見たいですぞぉおおおッ！」

ランスロットは、ただひたすらに興奮していた。

こうして俺は、俺に絶対の忠誠を誓う１００人の兵と、頼もしい盟友を手に入れたのだった。

約2ヶ月後――

俺は鍛え上げたシュバルツ兵団を率いて、領内の魔物討伐に精を出していた。

やはりここは周回プレイの世界であったようだ。危険度の高いモンスターが頻繁に出現するようになっていた。

ソイツらを撃破して、俺と配下のレベルをガンガン上げていた。

俺自身が強くなるのも楽しいけど、100人の配下を精鋭として育成するのも、格別なおもしろさがあった。

おかげで今では全員がレベル15以上に到達している。これは冒険者ランクでいえば、Cランクに相当する強さだった。

スキルは集団戦に有用な【剣術レベル2】【矢弾き】【薬師レベル1】の3つを覚えさせた。

「うぉおおおおおッ！　カイン様のシュバルツ兵団が凱旋《がいせん》されたぞ！」

「我らが英雄カイン様、バンザイ！」

「どんな魔物が現れたってカイン様がいてくれればヘッチャラだぁ！　僕も大きくなったら、カイン様の配下にしてもらうんだ！」

兵を率いて街に戻ると、領民たちから大歓迎を受けた。

魔物の脅威に、辺境の冒険者ギルドでは対応しきれなくなっており、俺たちは絶大な支持を受けていた。

「さすがカイン兄様は、すごい人気ですね。私も鼻が高いです」

セルヴィアが得意気に胸を張る。

彼女は貴重な攻撃魔法の使い手として、魔物討伐に参加していた。

「これもセルヴィアが、毎回がんばってくれているおかげだ。【アルビドゥス・ファイヤー】をすっかり使いこなせるようになったな」

「ありがとうございます。えへへっ」

頭を撫でてやると、セルヴィアはうれしそうに目を細める。

俺の言いつけを守ってセルヴィアは、5ヶ月近くも、火の魔法しか使っていなかった。おそらく、そろそろ、あのスキルの習得条件を満たせるはずだ。


セルヴィアのレベルは25。俺のレベルは31にまで上がっていた。

あと少しだ。あともう少しで、Sランクの魔物の討伐も可能になるだろう。そうすれば、爆速でレベルが上げられる。

焦りを覚えるが、死んだらおしまいのこの世界では、焦りは禁物だ。

安全マージンを確保しつつ、地道にレベルを上げていくしかない。

「まさか山賊として忌み嫌われていた俺たちが、今じゃ街のヒーローだなんて、信じられねぇ！」

歓声を受ける俺の配下たちは、誇らしげだった。

「これもすべてカイン様のおかげだぜ！」

「毎日3度の飯がちゃんと食えて、暖かい部屋で寝られるなんて……カイン様の奴隷にしていただいて、本当に幸せだぁあああッ！」

中には感涙にむせんでいる男もいた。

山賊稼業というのは、想像以上に大変なようで、俺の奴隷になったことで不満をもらす者はいなかった。

こいつらのほとんどが、食い詰めた農家の三男坊や脱走兵といった連中だった。それなりに苦労してきたみたいだ。

「えっへん……当然です。ですが、カイン兄様の一番のお気に入りの奴隷は、この私だということをお忘れなく」

セルヴィアが、変な自慢をしていた。

俺は忘れずにセルヴィアを虐待していることを領民にアピールする。

「みんなよく聞け！　俺はセルヴィアを奴隷のように扱って、危険な魔物との戦いに駆り出している悪徳貴族だ！　すべては我がシュバルツ伯爵家の栄光と繁栄のためだ！　フハハハハハッ！」

「はい、カイン様！　がんばってください！」

にもかかわらず、領民たちの俺への崇拝に満ちた瞳はいささかも変わらなかった。

あれ？　ちょっと前までは、いたいけな少女を最前線で戦わせるなんて、やっぱり悪徳貴族だ、という批判めいた声も一部からは、聞こえてきていたんだけどな……

「いやホント！　今回もセルヴィアお嬢の火炎攻撃で、魔物どもを一網打尽にしてもらえて、助かりましたぜ！」

「まったく、セルヴィアお嬢はすげぇ魔法使いだ。頼もしい！」

「それにしても、ご夫婦そろって身体を張って魔物討伐なんて……こんな立派な貴族は滅多におりやせんぜ！」

「ふふんっ、夫婦と呼ばれるのは、事実であってもこそばゆいですね」

兵たちからの称賛に、セルヴィアはうれしさを堪えきれない様子だった。

「でも、まだまだです。もっとカイン兄様のお役に立つべく努力しなくては……」

そう言ってセルヴィアは、俺に寄り添ってくる。

うれしいのだけど、これだと俺がセルヴィアを虐待しているようには到底見えないよな……

微妙な気持ちになっていると、セルヴィアがナイスな演技をしてくれた。

「カイン兄様、今夜はどんな風に私をいじめてくださいますか？　あの薬をかけられたりしたら、羞恥心で、おかしくなってしまいそうです」

「そ、そうだな、（実際には絶対にやらないけど）鞭《むち》で打ってやろうか、卑しい奴隷め！」

俺は迫真の演技で返す。

「わかりました。あの薬をかけた上で、鞭打《むちう》つということですね？」

「え……っ？」

あの薬とは、どの薬だ？　と思うが、多分、薬師のリルが開発した【服を絶妙に溶かす魔法薬】のことで間違いない。

『見えそうで見えないギリギリのラインを攻めるべく、が、がんばりましたぁあああッ！』とか、リルに報告されて絶句した。

いや、いくらなんでも、あんな薬使えねぇよ。

しかも、リルにあの薬の開発を依頼したのは、セルヴィアだったらしい。

い、いったいどういうことなんだ？

まさか、【服を絶妙に溶かす魔法薬】を本気で使ってほしいということじゃないだろうな？

エリス姉上からも『セルヴィアにキスしてあげなさいカイン！　あの娘はそれを望んでいるのよ！　それから【服を絶妙に溶かす魔法薬】もドン引きせずに、使ってあげなさい！　きっと喜ぶわ！』と、言われて困り果てていた。

思わずゴクリと、生唾を飲み込んでしまう。

だけど、ここは領民が見てる前だ。ちゃんとセルヴィアを虐待する悪徳貴族の演技をしないとな……

「フハハハハッ！　あの薬をかけて羞恥心でおかしくさせた上で、鞭打ってやる！」

「うれしいです。カイン兄様！」

いや、うれしいのかよぉおおお！

俺の理性はもはや崩壊寸前だった。

「カイン様はセルヴィア様と仲睦まじいようで、これならシュバルツ伯爵家は安泰だ！」

「あまり俺たちの前で、いちゃつかないでください、妬《や》けちゃいます！」

なんて、声が領民たちから聞こえてきた。

あ、あれ、今のは我ながら迫真の悪徳貴族ムーブだったんだけどな……

すっかり、俺とセルヴィアは仲が良いと、思われてしまっているらしい。

セルヴィアに首輪を付けて引き回している姿を見せればＯＫだと思っていたのだが、見通しが甘かったようだ。

これでは、レオン王子にいずれ俺たちの関係を疑われてしまうだろう。

仕方がない。これからは人前に出ること自体を控えることにしよう。

俺の方が羞恥心で、おかしくなりそうだしな。

「……もうシュバルツ兵団だけでも魔物討伐はできそうだな。セルヴィア、今度は俺とふたりで、ミスリル鉱山深部でレベル上げをしないか？」

「カイン兄様とふたりっきりで、ですか？　はい、うれしいです！」

セルヴィアが手を叩いて賛同してくれた。

とはいえ、ゲーム後半の隠しダンジョンであるミスリル鉱山には、かなり強力な魔物が出没していた。

父上が兵を使って、ミスリル鉱山中層までの魔物を駆逐したが、深部はまだ手付かずになっている。

ここで魔物退治をすれば、より効率的に強くなれる上に、純度の高いミスリル鉱石も手に入って一石二鳥だ。

本来ならまだ足を踏み入れるべきレベル帯ではないが、より効果を高めた【強化回復薬】があれば、探索可能だろう。

そんなことを考えている時だった。

「一大事でございますカイン坊ちゃま！　すぐに屋敷にお戻りください！」

ランスロットが血相を変えてやってきた。

「どうしたんだ、ランスロット？」

「はっ！　レオン王子から緊急の魔法通信が入っており、今、旦那様が対応中です！」

「なんだと!?　要件は!?」

俺とセルヴィアに緊張が走った。

レオン王子はセルヴィアに振られたことを逆恨みしており、何か嫌がらせを仕掛けてくるだろうことは予想できていた。

「はっ！　それが……アンデッドの大量発生が王都近くで起こり、その討伐命令がセルヴィア様のお父上、フェルナンド子爵様に下ったそうです。しかし、シュバルツ伯爵家はフェルナンド子爵家からの援軍要請には応えず、これを見殺しにせよと……！」

「お父様が……っ！」

セルヴィアが息を呑んだ。

なるほど、その手できたか。

レオン王子はセルヴィアの父親を合法的に死に追いやることで、セルヴィアを苦しめようというのだな。

さらには、これはシュバルツ伯爵家への踏み絵でもある。

ミスリル鉱山の発見によって、シュバルツ伯爵家とフェルナンド子爵家との同盟関係は強化された。

レオン王子は、自分が計略を仕掛けたにもかかわらず、両家が逆に親密になったことに気づき、不審に感じたのだろう。

くそっ、オーチバル伯爵家を使っての情報操作もしていたが、甘かったか？

「レオン王子は、カイン坊ちゃまとも話がしたいとお待ちかねです！」

「俺とも話がしたいだって……？　そうか、なら好都合だ」


俺はセルヴィアの頭をポンポンと撫でて安心させてやった。

「大丈夫だセルヴィア。これは想定の範囲内だから」

「は、はい……でもまさか、お父様にここまでのご迷惑をおかけしてしまうなんて……私が浅はかだったばっかりに……」

「心配するな、俺がなんとかしてやる。それに悪いのは全部レオン王子だ。セルヴィアのせいじゃない」

肩を震わせるセルヴィアは、今回のことに責任を感じているようだった。

だが、セルヴィアが罪悪感に苦しむなど、あってはならない。

「ありがとうございます、カイン兄様。私にできることなら、なんでも言ってください。お父様を……フェルナンド子爵家を守るためなら、なんでもします」

「ありがとう。よしランスロット、すぐに屋敷に戻るぞ！　レオン王子と直接、話をする！」

「はっ！」

レオン王子との最初の対決が始まろうとしていた。

4章　王都への遠征

父上の執務室の扉を開け放つ。

通信用魔導具である大型の水晶玉に、ふんぞり返るレオン王子が映っていた。

「カインよ、戻ったか……！」

父上はレオン王子から厳しく問い詰められたのだろう。やや憔悴《しょうすい》した様子だった。

「これはレオン王子殿下、ご尊顔を拝しまして恐悦至極に存じます。殿下の忠実なる下僕、カイン・シュバルツめにございます」

俺は金髪の貴公子――レオン王子に一礼した。

コイツは俺とセルヴィアを苦しめる憎い相手だが、腹の底に秘めた敵愾心《てきがいしん》はおくびにも出さない。

「カインか。余がセルヴィアを虐待して死に追いやれと命じたにもかかわらず、シュバルツ伯爵家とフェルナンド子爵家が、なにやら親密になっているとの噂を聞きつけてな。まさか貴様、余の命令を軽んじているのではあるまいな？」

レオン王子はいきなり本題に切り込んできた。その声音には怒気が滲《にじ》んでいる。

「貴様にも直接問《と》い質《ただ》したく、伯爵とつまらぬ雑談をしながら、待っていてやったのだ。とく答えよ」

「はっ！　もちろん殿下のご命令を実行すべく、日々精進しております。本日も嫌がるセルヴィアを盾にして引き回し、魔物退治に精を出してまいりました。王家を謀った愚かなる偽聖女、じわじわと苦しめてやるのが、殿下の御心にかなうものと心得ております！」

下衆《げす》な小悪党笑いを披露してやると、レオン王子はうさんくさそうに鼻を鳴らした。

「フンッ。では、フェルナンド子爵家の者が、そちらの領内に頻繁に出入りしていることをどう説明するつもりだ？」

それはミスリル鉱山から得られたミスリル鉱石をあちらに分配するためだ。

これについては、父上と事前に示し合わせて、説明を考えてある。

「フェルナンド子爵家は、偽聖女を出したことで他の貴族から白眼視されております。よって、昔からの盟友であるシュバルツ伯爵家に必死に擦り寄って、贈り物などを寄越してきているのです。それでセルヴィアの待遇が良くなるとでも考えているのでしょう。シュバルツ伯爵家としては、いい迷惑です」

「なるほど。伯爵の話と、矛盾はないようだが……」

レオン王子は冷たい怒りの籠もった目で、俺を睨んだ。

「では、カイン。余の目の前で、セルヴィアの顔を殴ってみせよ。余がやめろと言うまで、手を止めることは許さん」

へぇ～。そうきたか……

俺の全身に静かな怒りが満ちる。

「……これは聡明《そうめい》な殿下のお言葉とは思えません。それでは、セルヴィアを苦しめているのは、殿下の命令だからだと告白しているようなものでございます。セルヴィアは俺に惚れております。惚れた男の意思で虐待されるからこそ、あの小娘に絶望を与えられるのでは？」

「フンッ……」

レオン王子は顎に手を当てて考え込んだ。

「それもそうか……あの小娘をいたぶり殺すことなど、その気になれば造作もないが。それではつまらんからな。徹底的に絶望を味合わせてやらねば、余の腹の虫はおさまらん！」

「はっ！　その通りでございます！」

俺がセルヴィアを殴るなど、何があっても決してあり得ない。

もし強要されたら、まだ準備不足ではあるが、王家と戦争開始だったな。

「すでに執事を通して、話を聞いただろうが。フェルナンド子爵にアンデッド討伐の命令を下した。近頃、どういうわけか、凶悪なモンスターが頻繁に現れるようになっていてな。王家も手を焼いておる」

なるほど。周回プレイの世界に入った影響は、王都近郊でも同じということか。

「だがこれは、余に恥をかかせた偽聖女セルヴィアの罪を、その父親フェルナンド子爵の命で贖《あがな》わせる、いわば懲罰だ。よって手助けすることは、一切まかりならん。これは他の貴族どもにも周知徹底させる。良いな？」

「はっ！　ご命令、しかと承りました！」

俺は頭を下げて承諾した後、続けて尋ねた。

「ご質問をお許しいただきたいのですが、穢《けが》れたアンデッドどもが殿下のおそば近く——王都近郊で暴れ回るのを、黙認されるのでありますか？」

アンデッドが厄介なのは、アンデッドに殺された者もアンデッドと化して、犠牲者が倍々ゲームで増えていくことだ。

その核となっているのが、周回世界に出没する凶悪モンスターだとするなら、非常に危うい。下手をすると、王国の存続も危ぶまれるような魔物災害に発展する恐れがあった。歴史上、アンデッドによって滅ぼされた国家もあるのだ。

私怨によって国を危うくするなど、愚かな者のすることだ。

それを暗に指摘したのだが……

「フンッ。王都の城壁があれば、なんら問題ない。これを機にセルヴィアとフェルナンド子爵家を懲罰することこそ、肝要なのだ！　余に逆らった愚かしさをセルヴィアに思い知らせてやるのだ！」

憎々しげにレオン王子は美貌を歪める。

「それにアンデッドどもが狙うのは、平民どもの住む街や村。虫のように湧いて出る平民など、数千やそこら殺されたところで、なんら問題あるまい？」

これは重症……というより、この王子は極めつきの暗愚だな。

それはゲームシナリオでよく理解していたつもりだったが、実物の醜悪さは想像以上だった。

よし、わかった。

本来、レオン王子を倒すのは勇者アベルの役目だが、近いうちに俺が叩き潰してやる。

「はっ！　父も申し上げたと存じますが、誰からどのような要請を受けましても、この件に関してシュバルツ伯爵家は一切、手を出さないことをお約束いたします。カイン・シュバルツはレオン王子殿下の忠実なる下僕にございます。これからも、なんなりとご命令ください」

俺は深々と腰を折った。

「くくくっ、カインよ。それが貴様の口から聞けて安心したぞ。約束通り、セルヴィアに絶望を味わわせて死に追いやったのなら、余の右腕として取り立ててやろう。余の下僕として、これからも励むが良い！」

「はっ！　ありがたき幸せにございます！」

俺の返事に満足そうに頷くと、レオン王子は魔法通信を切った。大型の水晶玉から、レオン王子のきらびやかな姿が消える。

「ふん、まんまと騙されたな。これで俺が動けなくなったと思ったのなら、大間違いだ。ランスロット！」

「はっ！　おそばに！」

俺が叫ぶと、ランスロットがすぐさま背後に現れた。

「すぐにオーチバル伯爵家のゴードンを呼び出すんだ！」

「かしこまりました！」

「カインよ。まさか、オーチバル伯爵家を使うつもりなのか？」

父上が不安そうに尋ねてきた。

王家に隠れてミスリル鉱山から利益を得ている父上に、フェルナンド子爵家との関係を切るという選択肢はない。

そんなことをすれば、フェルナンド子爵家から秘密が漏れて、共倒れだからな。

王家にバレないようにセルヴィアの父親を助けて、アンデッド軍団を討伐する必要がある。

「はい、父上。ご心配には及びません。備えは万全にしております。私にすべてお任せください。シュバルツ伯爵家に一切の害が及ばぬように解決してご覧に入れます」

「そうか……ッ！　私設兵団の設立といい、魔物討伐といい、お前は見違えるほど頼もしくなったな。必要なことがあれば、なんでも遠慮なく言うが良い。人でも物資でも用意させよう！」

「はっ！」

俺は父上に頭を下げた。

ここからは時間との勝負だ。適切な手を急いで打たなければならない。

それに少々、引っかかるところがあった。

アンデッドは戦場跡など怨念の渦巻く不浄な場所に出現する。

王都近郊にアンデッドの大群が出現するというのは、かなり不自然だった。

これはもしかすると裏に【死霊使い《ネクロマンサー》】がいるのかもな。

だとしたら、好都合だ。

爆速でレベルが上げられるボス討伐マラソンに必要なピースが揃うぞ。


「オーチバル伯爵家の次期当主ゴードン、お召しにより参上いたしました！　うぉっ⁉　一体、何をされているのですか、カイン様⁉」

ゴードンが早馬に乗ってやってきた。

ここはシュバルツ伯爵家の屋敷に併設された練兵場だ。

ゴードンは俺の集めた職人が、鎧にオーチバル伯爵家の家紋を彫っているのを見て、目を白黒させている。

「お前ら、急げぇぇぇぇッ！　俺たちの英雄である若様に、今こそご恩返しするんだ！」

「へい！　お頭ぁあああッ！」

「カイン様のために、今日中に全部、終わらせてみせますぜぇ！」

ありがたいことに職人たちは、俺のために喜んで働いてくれていた。急ピッチで作業が進んでいる。

「見ての通り、俺の配下――シュバルツ兵団をオーチバル伯爵家の兵に見せるための偽装工作をしているんだが？」

俺はゴードンに向き直って説明した。

「はぁ……？　いや、なんでですか？」

「もちろん、セルヴィアの父君、フェルナンド子爵を助けに行くために決まっているじゃないか？　シュバルツ伯爵家は、レオン王子の命令で動けないからな。オーチバル伯爵家の兵だと偽って、俺の兵団を動かすんだ」

「はぁあああああッ!?　そ、そんなことをしたら、オーチバル伯爵家は、レオン王子に逆らったことになって、最悪、取り潰しにぃいいいい!?」

ゴードンは絞め殺される鶏のような奇声を発した。

「それは大丈夫だ。『オーチバル伯爵家の長男ゴードンは、アルビオン王国に仇《あだ》なす魔物討伐に名乗りを上げた！』と大義名分を掲げれば、お家取り潰しなんて無体な真似をすることは、さすがにできないだろう？　王国のために正しいことをしているんだし、お前は当主じゃないからな」

なにより貴族家を取り潰す決定権を握っている国王は、今、病床にある。

それ故に、王太子であるレオン王子が好き放題できているわけだが、国王を差し置いて、そこまでのことはできないだろう。

「い、いや、しかし……！」

「もちろん、レオン王子はゴードンを敵認定して、暗殺者くらいは差し向けてくるだろうけどな」

「暗殺者って、そんなの嫌だぁああああッ!?」

「大丈夫だ。俺の兵団から護衛を何人か出すから安心してくれ」

俺はゴードンの肩を軽く叩いた。俺としてもゴードンを殺されては困る。

ゴードンにはこれからも役に立ってもらいたいからな。

「全然、安心できなぁいいいい！　俺様は次期国王であるレオン王子の敵になってしまぁうううッ!?」

ゴードンは頭を抱えて、のた打ち回る。

といっても、ゴードンは俺の奴隷なので、俺の命令を拒否することはできない。

「心配するな。そうなっても、俺がちゃんと守ってやるから。それに、ゴードンは英雄的な行動に出るんだ。エリス姉上も、ゴードンを見直すかもしれないぞ」

「エ、エリスが……」

ゴードンはエリス姉上に惚れているので、それを持ち出して、機嫌を取ってみる。

俺に絶対服従とはいえ、ゴードンにはそれなりにやる気になってもらわないと困るからな。

「俺とセルヴィアも、ゴードンの配下に変装して、フェルナンド子爵の援軍に向かう。形式上、ゴードンには俺たちの指揮官になってもらう。そうすれば偽装工作は完璧だろう？　成功すれば、ゴードン。お前は一躍、英雄になれるぞ！」

「さすがカイン兄様の立てた作戦に、抜かりはありませんね。よろしくお願いします、ゴードン」

セルヴィアが硬い表情で頭を下げた。

彼女にとっては父親の命がかかっているため、気が気じゃない様子だった。

「ぐっ……え、英雄か。悪くない響きだな。それならエリスも俺様を見直して。ゴードン様、好き！　なんてことに。くふふっ、なら前向きに考えないこともないが……ぶつぶつ」

ゴードンがおめでたい思考の持ち主でよかった。

天地がひっくり返ってもエリス姉上が、ゴードンに好意を持つことはあり得ないけどな。

「あっ、いや、しかし！　王都近郊に現れたアンデッド軍団は、1万近くにものぼる数に膨れ上がっているとか!?」

だが、ゴードンはすぐに顔面蒼白《そうはく》になった。

「シュバルツ兵団はたったの１００人あまり。しかも、ちょっと前まで、ヒャッハー！　とか叫んで民を襲っていた雑魚っぽい連中ですよ!?　ホントに太刀打ちできるんですかぁあああッ!?　フェルナンド子爵の兵力なんて、せいぜい１０００人くらいでしょう!?　嫌だぁあああ！　お、俺様は、まだ死にたくなぁいいいいいッ！」

「むっ……」

ゴードンの指摘に、セルヴィアが顔をしかめる。

兵力差がいかんともしがたいことは、セルヴィアも理解しているようだった。

「大丈夫だ。それは……」

「カイン坊ちゃま！　ミスリルの剣１００本がご用意できましたぞ！」

ランスロットが御者を務める荷馬車が、練兵場に入ってきた。

その積み荷は父上が、鍛冶師に命じて秘密裏に製作させていたミスリルの剣だ。

「なにぃいいい!?　ミスリルの剣が１００本だと!?」

ゴードンが飛び上がって驚く。

「これがシュバルツ伯爵家の切り札だ。強力なミスリルの剣を兵団全員が装備すれば、たいていの魔物は恐れるに足らない。数の不利を補える」

「すごいです。すでにこれほどの数が完成していたのですね」

セルヴィアが瞳を輝かせる。

「はっ！　セルヴィアお嬢様。まだ剣しか用意できておりませぬが、いずれミスリルの鎧、兜《かぶと》も製作して、カイン坊ちゃまの兵団に配備する予定でございます。ああっ、楽しみでございますな！」

ランスロットが恍惚《こうこつ》とした表情をしていた。

「こ、こんな強力な武器を装備した兵団なんて……それこそ、アトラス帝国の皇帝親衛隊くらいなものじゃないか!?」

ゴードンが圧倒されたように仰《の》け反《ぞ》った。

王国最強の兵団は近衛騎士団だが、武器の面ではすでに俺たちが上回っているといえる。

希少なミスリルの剣を、大人数に配備するには莫大な資金が必要になる。王家といえど、そうそうできることじゃない。

「一体、どうやってこれほどの数のミスリルの剣を!?　し、しかも、いずれ兵の全身をミスリル装備で固めるって……い、いや、これはシュバルツ伯爵家を敵に回さなくて良かったぁああああッ！」

「その上、ミスリルの剣の性能を存分に引き出すことができるように、シュバルツ兵団は全員がスキル【剣術レベル２】を習得しているんだ」

「はっ！　ご安心くだされゴードン殿。このランスロットめが、２ヶ月間、ビシビシ鍛えました故に、シュバルツ兵団の実力は折り紙付きでございます！」

「なにぃ!?　ランスロットが!?」

「クククッ、脱走せず、なんでも言うこと聞く奴隷とは実に素晴らしいですな。死ぬギリギリまで追い込むことができましたぞ。まさに理想の兵！　理想の軍であります！」

ランスロットが凄絶な笑みを浮かべた。

正直、ちょっとおっかない。

「こ、これがカイン兄様が思い描いていた理想の兵団のかたちなのですね」

セルヴィアが感嘆の吐息を吐いた。

「まだ、その雛形《ひながた》だけどな」

俺は頬を掻《か》く。


「カインよ。準備は進んでおるようだな！」

父上が練兵場にやってきた。そして、一振りの剣を俺に差し出す。

「この剣は、お前のための特注品だ。お前の身を守ってくれるだろう。持っていくが良い」

「これは……ありがとうございます、父上！」

まさか、こんな餞別《せんべつ》をもらえるとは思わなかった。

俺は鞘《さや》から剣を抜き出して見つめる。

磨き抜かれた刀身は、鏡のように俺の顔を映し出した。

思わず見惚れてしまうような美しさだ。

「気に入ってくれたか？　これは、ただのミスリルの剣ではない。攻撃力が10パーセント上昇する【攻撃力＋10】の加護が付与されておるのだ」

「ホントですか!?」

これは俺のスキル【剣術レベル４】といった攻撃力上昇スキルと効果が重複するため、非常に有用だった。

この【攻撃力＋10】の付与には高価な素材を大量に必要とする。

父上はかなり奮発してくれたみたいだ。ありがたいな。

「元々、このワシの護衛のため、ランスロット専用に作らせていた剣なのだが……両家の、いやこの国の命運はお前の双肩にかかっておる。お前が持つにふさわしいだろう」

「おおっ、これは見事な剣でございますな！　これほどの業物には、滅多にお目にかかれませんぞ！」

武器に目がないランスロットが絶賛する。

頼もしい相棒だ。コイツの性能は、ゲーム後半でも十分通用する域に達しているぞ。

「カインよ。セルヴィアと共に必ず生きて帰れ。ワシとエリスは、お前の帰りを待っておる」

父上は別れを惜しむかのように、俺の手を固く握りしめた。俺はその手を握り返す。

「父上、ありがとうございます」

「カイィィイン！　リルとアッシュが、大量の【強化回復薬】を用意してくれたわ！　これで、絶対に生きて帰るのよぉおおおッ！」

さらに荷馬車が練兵場に突入してくる。そこに乗っていたエリス姉上が飛び降りてきて、俺に抱きついた。

「うぁッ!?　は、はいエリス姉上、もちろんです！」

「カイン様ッ！　四肢の欠損も一瞬で回復できるくらい最高の【強化回復薬】ですぅ！」

「リル、グッジョブです。さすがは、私の【薬師】の先生ですね！」

薬師少女リルも荷馬車から降りてきて、サムズアップした。

セルヴィアもサムズアップを返す。

セルヴィアの【薬師】スキルは、リルの指導のおかげで、【薬師レベル２】にランクアップしていた。

俺もリルに師事して【薬師レベル１】を習得している。

そしてこれは、なかなか便利なスキルなのだ。

「そ、それと、かなり調整が難しかったのですが、ご要望の毒薬の開発にも成功しましたぁ！　私と弟の合作です！」

「ついにできたのか!?　ありがたい！　これで俺の【格上殺しビルド】が完成する！」

「カイン兄様、かなり調整が難しい毒薬というと、あの薬の改良版ですか!?」

「あ、あの薬じゃない！」

セルヴィアが声を弾ませて、ヤバい話題を振ってきたので慌てて否定する。

婚約者の父親に会いに行くのに、【服を絶妙に溶かす薬・改良版】なんて変態アイテムを持っていけるわけがないでしょうが！

ともあれ、これで切り札も用意できた。

待ち構えているのが何者であれ、撃破できるはずだ。

俺は意気揚々と告げる。


「よし、準備ができしだい、さっそく王都近郊に向かって出陣だ！」

「はっ！　このランスロットめもお供いたします。露払いはお任せあれ！」

ランスロットが腰を折る。

この辺境から王都までは、どんなに馬で急いでも10日あまりかかった。

なるべく早く到着して、アンデッドの討伐を開始しなければ、敵が今以上に増えてしまうだろう。

それにもう、セルヴィアの父親であるフェルナンド子爵は兵を率いて出発したとの知らせが入っている。早めに合流して、フェルナンド子爵を援護しなければならない。

「おおっ！　ランスロットも参戦するのか!?　大量の【強化回復薬】だと!?　アヒャヒャヒャヒャ！　すごい！　これなら勝てる。死ななくて済むぞぉおおおッ！」

安心したゴードンが馬鹿笑いをしていた。

☆☆☆

「な、なんだ貴様らは……!?　どこの兵だ!?」

「我らはオーチバル伯爵家の兵だ！　王都近郊を荒らし回る不埒《ふらち》なるアンデッドどもを討伐するためオーチバル伯爵様は名乗りを上げてくださったのだ！　そうですよね、ゴードン様！」

ここは王都に向かう途中の関所だ。足止めを喰らった俺は、高らかに宣言した。

オーチバル伯爵家の兵に偽装したシュバルツ兵団は、全員馬に乗って、全速力で王都を目指していた。

俺は兜を被《かぶ》って顔を隠していた。これなら、まず正体はバレないだろう。

「そ、そそその通りだ！　この俺様は伯爵令息ゴードン・オーチバルであるぞ！」

ゴードンはヤケクソ気味に名乗りを上げた。

「その鷹《たか》のエンブレムは、まさしくオーチバル伯爵の家紋!?」

「そ、そんな話は聞いておりませんが!?　確かアンデッド討伐の勅命が下されたのは、フェルナンド子爵だとお聞きしましたが？　オーチバル伯爵がなぜ……？」

関所の守備兵たちは困惑していた。

他領の軍が通過するなら、事前に話が通っているはずだからだ。

俺は大義を持ち出して、突破することにする。

「なぜ？　なぜとは異なことを申される！　騎士道精神に溢れたゴードン様は、弱き民がアンデッドどもに蹂躙《じゅうりん》されるのを見るにみかねて、フェルナンド子爵への援軍に立たれたのだ！　これを阻むとは、国を民を見捨てることと同意義である！　そうですよね、ゴードン様!?」

「そ、その通りであるぞぉおおおおッ！　わかったら、さっさと門を開けて、俺様たちを通せ！　事は一刻を争うのだぞ!?」

ゴードンはもはや半泣き状態だった。

これでレオン王子から敵視されること確実だからな。

「おおっ！　こ、これは失礼しましたぁ！」

関所の鉄門が軋《きし》みを上げて開く。

やはりな……俺は、密《ひそ》かにほくそ笑んだ。

レオン王子は貴族らには、フェルナンド子爵を見殺しにせよと密命を下していたが、末端の兵にまで、その事情は伝わっていないようだった。

私怨晴らしのために、家臣を殺そうとしているなんて、おおっぴらにはできない話だからな。

「感激しました！　王国政府は――レオン王子は何もしないというのに……ゴードン様こそ、まことの貴族、真の騎士でございます！」

「その気高きお志に、感銘を受けました！」

俺たちが門を通過しようとすると、守備兵らが最敬礼を送ってきた。

「い、いや、俺様など！　真にその称賛を受け取るべきは、俺様の友であるカイン・シュバルツ殿だぁ！　俺様など、あのお方の足元にも及ばない。俺様の噂など、するなぁあああッ！」

ゴードンは絶叫した。

「おおっ、ゴードン様ほどのお方に、そこまで言われるとは！　噂には聞こえておりましたが、カイン様も素晴らしいお方なのですね！」

「お、おい……ッ！」

俺はゴードンに馬を寄せて、『黙れ』のサインを送った。

なぜ、ここで俺の名前を出すんだ。少しでも責任回避をしたいということか？

関所を通過した後で、釘《くぎ》を刺しておく。

「ゴードン、うかつなことは言うな。お前の背後に、俺がいると思われるとマズイ。この遠征中は、二度と俺の名前を口にするな。いいな？」

「は、はぁいいいい！　申し訳ありません！」

「頭を下げるな。俺は今、お前の配下ってことになっているんだぞ？」

これじゃ、先が思いやられるな。

道中、ちゃんと教育して、ボロを出さないようにしておかなくちゃいけない。

「さすがはカイン坊ちゃまです！　見事、ここの関所も通過できましたな！　このランスロット、感服いたしましたぞぉおおおッ！」

「はい、カイン兄様は、話術にも長《た》けておいでなのですね！　すごいです！」

ランスロットとセルヴィアが絶賛してくる。

「いや、単にレオン王子の弱みを突いただけなんだが……」

危険極まりないアンデッド軍団を放置するなど、末端の兵士たちは苦々しく思っているはずだと考えていた。

あの王子は、ゲーム本編では国王になっていたが、悪政を敷いてとにかく人望がなかったからな。

「おおっ、敵の弱点を突くことこそ、まさに兵法の極意！」

「さすがはカイン兄様です！」

「そ、そうかな……」

兵法とか言われても、主に対戦ゲームで学んだやり方なので、むず痒《がゆ》い。

対戦ゲームでは、相手の弱点を突くように立ち回ると勝てたんだ。


2日後、俺たちは近道のため深い森へと入った。本来なら、魔物の巣窟である森を通過するのは危険なのだが、こちらには【世界樹の聖女】セルヴィアがいる。

木の精霊と会話できるセルヴィアがいれば、魔物と遭遇せずに、森を抜けることができた。

ここを突破すれば、目指す王都近郊だ。かなり良いペースで進んできているぞ。

しかし、ゲームと違って、アルビオン王国は結構栄えているな。

ゲームでは辺境から王都までの道中には、廃墟《はいきょ》や廃村が目立ったんだが……

国王となったレオン王子の悪政が、それだけひどかったということか？

俺は馬を飛ばしながら、微妙な違和感を覚えていた。

……もしかすると、ゲーム本編開始前に俺の知らない何かが、あったとか？

「あっ……カイン兄様。木の精霊が教えてくれました。この森を抜けたあたりに、お父様が陣を敷いているそうです」

セルヴィアが馬を寄せて、俺に教えてくれた。

「よし、わかった。急いでフェルナンド子爵と合流しよう！　案内してくれ」

「はい兄様、こちらです」

セルヴィアを先頭にして、森の中を馬で疾走する。

やがて、日没に差しかかかり、もう少しで森を抜けるという頃だった。セルヴィアが切迫した声を上げた。

「カイン兄様！　お父様の陣が、アンデッドの大軍に襲われているようです。敵の数は……お、およそ６０００です！」

「６０００だとぉおおおッ!?」

ゴードンがビビりまくる。

俺たちの兵数のおよそ60倍という、とんでもない数だ。フェルナンド子爵軍は約１０００人。まともにやり合えば、勝ち目はない。

「って、セルヴィア、火属性魔法しか使えないと思ったら【遠見《とおみ》の魔法】も使えたのかぁ!?」

ゴードンにはセルヴィアが【世界樹の聖女】だとは教えていなかったので、的外れな質問をしていた。

俺は無視して、号令をかける。

「くっ……間に合うかギリギリだな。みんな急げ！」

「はっ！」

やがて、剣を激しく打ち鳴らす剣戟《けんげき》音と、怒号と悲鳴が聞こえてきた。

「えっ!? 敵にSランクモンスター、デュラハンがいるようです！」

「Sランク!? ぎゃあああ、そんなの絶対無理！ お家に帰るぅうううッ！」

セルヴィアの悲痛な声に、ゴードンが半泣きになる。

Sランクモンスターは確かに脅威だが、今の俺なら倒せない相手ではない。

俺は檄《げき》を飛ばした。

「うろたえるな！ Sランクモンスターは、この俺が倒す！ シュバルツ兵団、全軍突撃！

俺に続けぇえええええッ！」

「はっ！ 者共、今こそ我らの力を見せる時！ 突撃陣【鋒矢《ほうし》】！」

「はっ！」

俺とランスロットが馬の腹を蹴って、最大速度で爆走する。その後ろを、100名のシュバルツ兵団が続いた。

やがて森が切れると、大津波のようなスケルトンの群れに蹂躙されるフェルナンド子爵軍が見えた。

アンデッドの恐ろしさは、この数の暴力だ。アンデッドに殺された者はアンデッドになるため、数の差で押し潰されることになる。

敵の先頭に、ドス黒い瘴気《しょうき》を放つアンデッドがいた。首なし騎士のデュラハンだ。

最強格のアンデッド。Ｓランクモンスターであり、推定レベルは50と俺よりはるかに格上だ。

ソイツと剣を交えているのは、もはや満身創痍《そうい》のフェルナンド子爵だった。息も絶え絶えになりながら、なんとかデュラハンの猛攻をしのいでいる。

「お父様ぁあああああッ！」

セルヴィアが絶叫を上げた。


俺は薬師のリルに開発してもらった毒薬を懐から取り出して飲んだ。

ＨＰ《生命力》を正確に半分に減らすように調整された毒薬だ。

「ぐぅっ……!?」

耐え難い苦痛を覚えるが、この瞬間、俺の【ジャイアントキリング】のスキルが発動する。

＝＝＝＝＝＝＝＝＝＝＝＝＝＝＝＝＝
【ジャイアントキリング】
レベルが上の敵と戦う際、ＨＰが半分以下になると攻撃力と敏捷性が１００パーセント上昇します。
＝＝＝＝＝＝＝＝＝＝＝＝＝＝＝＝＝

「間に合えぇぇぇぇぇッ！」

俺は馬の鞍《くら》を蹴って跳躍し、敵の群れを一気に飛び越える。

【ジャイアントキリング】による敏捷性の強化と、鍛え上げた脚力が功を奏した。着地と同時に、邪魔する者をことごとく蹴散らして爆走する。

デュラハンが地面に倒れたフェルナンド子爵に、今まさにトドメを刺そうと剣を振り上げた。

「させるかぁあああああッ！」

俺は間一髪、その間に割って入り、デュラハンの大剣を受け止めた。すさまじい衝撃に、腕の骨が軋む。

「その声、き、貴殿はまさか……カイン殿か!?」

「はい！　フェルナンド子爵エドワード殿、カイン・シュバルツ、援軍に参上しました！」

その一言に壊滅寸前だったフェルナンド子爵軍から大歓声が上がった。

「かの英雄カイン様が援軍に来てくださったぞぉおおおッ！」

「なんと、まさか、ミスリルを我らに分け与えてくださったあのカイン様か!?」

「か、かたじけない、カイン殿……ッ！　まさか助太刀《すけだち》に来ていただけるとは！」

実直に感謝を述べるセルヴィアの父エドワード殿を、俺は尻目で見た。

彼はミスリルの剣と鎧で武装しており、そのおかげで、デュラハンの攻撃に耐えることができていたようだ。

シュバルツ伯爵家が送ったミスリルが役に立ってくれて良かった。

「エドワード殿、森に撤退してください！　殿《しんがり》は、俺のシュバルツ兵団が引き受けます！」

「なんですと、森に？」

立ち上がったエドワード殿は、戸惑いの声を上げた。

本来、夜の森は魔物の領域であり、そこに逃げ込むなど、自殺行為だからだ。

「ここにはセルヴィアも来ています！　セルヴィアは本物の【世界樹の聖女】です！　むしろ森は安全です！」

俺はデュラハンが叩きつけてきた大剣を弾き返しながら叫んだ。

くそっ、なんて重い剣だ。こいつのパワーは、ランスロット以上だぞ。

「なに？　なんと……今、なんと申されたか!?」

エドワード殿の驚愕は大変なものだった。

セルヴィアが真の聖女であることは、エドワード殿にも秘密にしていた。

だが、ここで押し問答している暇はないため、俺は真実を打ち明けた。

「森に逃げ込めば、セルヴィアの植物を支配する能力で身を守れます。そうすれば、みんな助かります！」

「【アルビドゥス・ファイヤー】！」

次の瞬間、セルヴィアの放った猛火が、スケルトンの群れを焼き払った。

「フェルナンド家のみなさん、セルヴィアです！　助けに来ました！」

「我こそはカイン坊ちゃま一の家臣！　ランスロットなりぃいいいぃッ！」

さらにランスロット率いるシュバルツ兵団が突撃してきて、スケルトンどもを粉々に粉砕していく。

先頭を走るランスロットの騎士剣の一振りで、数十体のスケルトンが爆散した。

「おぉおおおッ！　セルヴィアお嬢様と、かの伝説の騎士ランスロット卿《きょう》だぞ!?」

「今の火の魔法はまさかセルヴィアお嬢様が!?　な、なんとご立派になられて!?」

セルヴィアの登場に、彼女を幼少期から見守ってきたであろうフェルナンド家の騎士たちが、感涙にむせんだ。

「フェルナンド子爵の軍か!?　俺様はオーチバル伯爵家のゴードン様だ！　ちくしょうぉおおおッ！　助けに来てやったぞ！！　ありがたく思えええッ！」

兵団の最後尾を走るゴードンが、自棄《やけ》っぱちの大声で叫んだ。

ゴードンは【ファイヤーボール】の魔法をスケルトン軍団に次々に投げ込んで、大爆発を起こす。

ゴードンは性格はアレだが、魔法の才能は本物だな。かなり良い援護になっていた。

「なに？　オーチバル伯爵家のゴードン殿までも!?」

あまり親しくないオーチバル伯爵家からの援軍に、エドワード殿は仰天していた。

「お父様！　どうか、こちらへ！」

「セルヴィア!?　うむ、わかった。全軍、森へ撤退せよ！　森は安全だ！」

「はっ！」

エドワード殿が命令を下す。

フェルナンド子爵軍は息を吹き返し、エドワード殿の元へ集まりつつ後退を開始した。

「殿《しんがり》は我らが務める！　エドワード様をお守りせよッ！」

ランスロット率いるシュバルツ兵団が、エドワード殿を守るように展開し、壁となる。

スケルトンの弓兵が、エドワード殿を逃がすまいと弓矢の雨を放った。

「皆の者、【矢弾き】だ！　訓練通りに打ち返せ！」

「はっ！」

ランスロットの号令の下、シュバルツ兵団はミスリルの剣を構える。

全員が、飛び道具を弾く確率を50パーセントアップさせるスキル【矢弾き】と、剣技の命中率を20パーセントアップさせるスキル【剣術レベル２】を習得していた。

おかげで、俺の兵団は盾要らずだ。

「剣で弓矢を弾くとは!?　な、なんという練度の兵たちだ!?」

身を伏せたエドワード殿が、目を見張った。

降り注いだ矢は、シュバルツ兵団の剣に弾かれて、エドワード殿にはひとつとして届かなかった。無論、兵団の死傷者もゼロだ。

「これがカイン坊ちゃまの手足たるシュバルツ兵団！　白骨死体どもが６０００集まろうと、１万集まろうと、恐れるに足らず！」

ランスロットが気炎を上げる。

「死に損ないども！　来るなら来い！　我らが地獄に叩き返してくれるわッ！」

「うぉおおおおッ！　シュバルツ兵団ばんざい！」

フェルナンドの兵たちが歓喜し、嵐のような歓声を上げた。

「こいつら、２ヶ月間でこんなにも強くなっていたのか⁉　あんなに雑魚っぽかったのに⁉」

ゴードンが目を丸くしていた。

雑魚っぽいって……元々はゴードンが雇った山賊だったのになぁ。

「まっ、俺たちも修羅場を潜《くぐ》り抜《ぬ》けましたんでね、ゴードン様」

「人間、死ぬ気になればたいていのことはやれるんだと、わかりましたよ」

「ゴードン様も、カイン様の奴隷なら一緒に訓練いかがですか？」

「お、俺様は頭脳派だからな⁉　やめておこう！」

兵の誘いをゴードンは全力で拒否した。

「フェルナンド……殺す！」

地獄の底から響くようなおぞましい声をデュラハンが上げた。

ヤツは俺を無視して、エドワード殿めがけて突進していく。

こいつら、この場の指揮官が誰なのか理解しているのか？

指揮官を標的にするなんて、明らかに戦術的な動きだった。

衝動のまま無差別に殺戮を繰り返すアンデッドとは、思えない。

やはり、背後にこいつらを操る【死霊使い】がいると思って間違いなかった。

「待て、お前の相手は俺だ！」

俺はデュラハンに追いすがりながら、連続で剣を撃ち込んだ。

大盾で阻まれて、どれも決定打にならないが、ヤツの巨体がよろめく。

「邪魔をするな！」

剛剣の反撃が来るが、バックステップでかわし、さらに剣を撃ち込む。

デュラハンの剣と俺の剣が、激しく撃ち合って火花を散らした。

「あのバケモンとやり合っている⁉　すげぇえええッ！　さすがはカイン様だ！」

配下の兵たちが感嘆の声を上げた。

「殺す！」

デュラハンは俺を排除しようと大剣を大上段に構えた。

「勝負だ！」

ヤツの進路を塞ぎつつ、俺も剣を正眼に構える。

剣での勝負なら、ランスロット相手に何度も模擬戦を繰り返してきた。

たとえ、相手がどんな化け物だろうと負けない自信があった。それだけの努力を積み上げてきたんだ。

俺めがけて、唸《うな》りを上げる大剣が振り下ろされる。

「はぁあああッ！」

俺はその一撃を、剣でいなした。

剛剣を受け止めるのではなく、力のベクトルを逸《そ》らして斬撃を受け流す。

防御剣技【ソードパリィ】だ。ここ2ヶ月あまり、ランスロットに徹底的に仕込まれた。

この技の習得が、練達の境地【剣術レベル5】に至るために必要なのだ。


デュラハンは勢い余って体勢を崩す。俺はすかさず反撃を叩き込んだ。

だが、思ったほどの手応えが得られない。

俺の【黒月の剣】の闇属性力では、ほとんどダメージを与えられていなかった。

相手は闇属性の極地とも言えるアンデッド。闇属性に強い耐性があるのだ。

「なら物理攻撃で押し切るまでだッ！」

俺はデュラハンの周りを高速で旋回しながら、無数の斬撃を放った。暴風のような剣圧によって小さな竜巻が発生し、地面が削られて粉塵《ふんじん》が乱れ飛ぶ。

息が続く限り剣を撃ち込むこの連続技は【旋風剣《せんぷうけん》】。これもランスロットに教えてもらった対魔物用の剣技だ。

鍛えに鍛えた俺の体力と、敏捷性が活きる技だった。

本来なら俺の物理攻撃力では、デュラハンにかすり傷ひとつつけられなかっただろう。

だが、剣技の攻撃力を40パーセント上昇させるスキル【剣術レベル４】。

攻撃力を１００パーセント上昇させるスキル【ジャイアントキリング】

さらに父上から贈られた攻撃力10パーセントアップの加護付きのミスリルの剣。

これらの相乗効果の乗った連撃によって、デュラハンの硬い鎧にいくつもの亀裂が走った。

よし、いける。押し切れるぞ！

「がぁあああああッ！」

【旋風剣】の隙間にデュラハンが無理やり、斬撃をねじ込んできた。

不死身のアンデッドならではの防御を度外視した反撃だ。

一か八か。

限界まで加速していた俺は、デュラハンの剣の持ち手を叩き斬った。

「見事だぁ……ッ！」

それはヤツの最後の力を振り絞った攻撃だったようだ。

身体を切り刻まれたデュラハンは、地面に剣を落とす。同時に、その鎧が割れ、全身が光の粒子となって溶け崩れた。

なぜかヤツの最後の言葉には、満足そうな響きがあった。

「うぉおおおッ！　やりましたぞ！　カイン坊ちゃまが敵の大将を討ち取りましたぞぉおおおッ！」

「ホントにSランクモンスターを倒しちまうなんて、さすがは俺たちのカイン様だ！」

ランスロットの大歓声と、シュバルツ兵団の勝《か》ち鬨《どき》が響き渡った。

『デュラハンを倒しました。レベルが39に上がりました！』


ドドドドドッ！

砂ぼこりを上げて、戦場に突入してくる軍団がいた。

動く腐乱死体——ゾンビの群れだ。その数は３０００はくだらなかった。

「……って、おい、まさか。波状攻撃かよ!?」

さすがに肝を潰した。

敵は第一陣でフェルナンド子爵軍を倒せなかった時の備えとして、後詰めを用意していたんだ。

戦力を逐次投入して敵を疲弊させれば、いずれ必ず勝てるという寸法だ。

1万を超える数の有利と、休息を必要とせず無限に戦い続けられるアンデッドの特性をよく理解した戦術だった。

この敵将はやるな。

不覚にもゲーマー魂が騒いでしまった。

「ぎゃあああぁッ！　もう無理！」

ゴードンが、恐怖に顔を引きつらせた。

口には出さないが、他の兵たちも同じ心境だろう。

デュラハンを倒したが、スケルトン軍団はまだ5000体以上残っていた。ソイツらが残った俺たちを包囲し、退路を塞ごうと動く。


「目的は達した！　総員、森へ退却だ！」

「はっ！」

俺はシュバルツ兵団に撤退命令を下した。

「ゴードン、俺たちは殿だ。味方の退却を援護するぞ。セルヴィアはランスロットと先行して、森に拠点を作ってくれ！」

叫びながら、俺は敵軍に向かって突っ込んでいった。

こいつらが敵将を狙ってくるなら、その特性を逆手に取って、俺が囮《おとり》になれば良い。レベル39になった俺なら、死ぬ確率は低いだろう。

体力を回復できる【強化回復薬】もある。

「はい、カイン兄様！　ご武運を！」

「嫌だぁあああああッ！　なんで俺様がこんな目にぃいいいいッ！」

泣きながら、ゴードンは【ファイヤーボール】の魔法を投げ放った。

★★★

数刻後。

俺はゴードンとふたりで、敵軍を引《ひ》っ掻《か》き回《まわ》せるだけ引っ掻き回してから、夜の森に逃げ込んだ。

「本隊と離れて、どうやって合流するんですかぁあああッ!?」

ボロボロの疲労困憊になったゴードンが、不平不満を漏らしていた。

案の定、敵が俺を集中攻撃してくれたおかげで、ゴードンはなんとか生き延びることができた。

「……悪い。ぶっちゃけ、そこまで考えていなかった」

俺も疲れ切っていた。身体中がジクジクと痛む生傷だらけだ。

もう【強化回復薬】も使い果たした。

だけど２０００体くらいは、敵を屠《ほふ》れたかな？

「なんですかぁ!?　今日こそ俺様は、かわいい巨乳メイドちゃんに添い寝してもらおうと思ったのにぃいいい!?　野宿!?　魔物がウヨウヨいる森の中で、野宿ぅ!?」

「……オーチバル伯爵家では、戦場にメイドなんて連れていくのかよ？」

その時、俺はかすみ草の白い花が、道なりに続いているのに気づいた。

俺とセルヴィアにとって、特別な意味を持つ花だ。しかも、開花時期は過ぎている。

これは、もしかすると……

かすみ草を辿《たど》っていくと、セルヴィアが【世界樹の聖女】の能力で作った拠点ができていた。

巨木が隙間なく密集して天然の防壁となり、魔物の侵入を阻んでいる。

「……えっ、カイン様。これって、どうなっているんだ？」

あり得ない光景の出現に、ゴードンはキョトンとした。

俺たちが近づくと、大樹の防壁に自動的に穴が開いて、中に入れるようになった。

「はぁ!?」

「話すと長くなるんだが。セルヴィアは本物の【世界樹の聖女】だったんだ。これはセルヴィアが作った即席の砦《とりで》だな」

「はぁあああぁッ!?」

「このことは絶対に他言無用だぞ」

疲れ果てて説明が億劫《おっくう》だったので、重要な命令だけした。

中では、フェルナンド子爵軍とシュバルツ兵団が天幕を設営して休んでいた。

俺たちが通り抜けると、木の穴は再び閉じてしまう。

すごい。セルヴィアも、だんだん聖女の力を使いこなせるようになっているみたいだ。

「カ、カイン様がお戻りになられたぞぉおおおおッ！」

「おおっ、よくぞ、ご無事で！」

俺に気づいた両軍の兵たちが、歓喜して集まってきた。

「カイン殿、本当にかたじけない！　シュバルツ兵団から分けていただいた【強化回復薬】のおかげで、急死に一生を得ましたぞ！」

エドワード殿が護衛の兵士と共に俺の前にやってきた。

その傷はすっかり良くなっていた。

「もう助からないと思った怪我人も【強化回復薬】のおかげで、全快しました！　いやはや、これほど貴重な薬をいただけるとは!?」

「感謝の言葉もありません！」

フェルナンド兵たちは、口々に俺に礼を述べる。

「……それは良かったです！」

俺も差し出された【強化回復薬】を飲む。

一気に疲れと傷が癒えた。

「事情はセルヴィアより詳しく聞きました。セルヴィアが真の聖女であったとは、驚きですが。これほどの奇跡を目の当たりにしては、信じぬわけにはいきませんな」

「はい。ですが、このことは、くれぐれも内密にお願いします。セルヴィアが聖女だと知れば、レオン王子は必ずセルヴィアを奪い返そうとするでしょうから」

そうさせないためには、武術大会で優勝して大衆の面前で、レオン王子に俺とセルヴィアの結婚を公認させるか、シュバルツ伯爵家が王家を上回る力を手に入れるしかない。

あるいは、もうひとつ手もあるが……

「ああっ、カイン坊ちゃま！　よくぞ無事にお戻りに！」

ランスロットが、駆け寄ってきて俺の前にひざまずく。

「坊ちゃまが事前におっしゃられた通りでした。森の中で、我らを嗅ぎ回っている連中を見つけましたぞ！」

ランスロットが後ろを振り返ると、俺の兵たちが、数人の男を引き連れてきた。彼らは縄で縛られて気絶している。

「ランスロット、よくやってくれた。引き続き、警戒に当たってくれ」

「はっ！」

「この者らは？」

エドワード殿が首を傾げる。

「暗器に毒薬、それに身体に染みついた血の臭い。暗殺者ですな。おそらく、確実にエドワード様を亡き者にしようとしたレオン王子の刺客でしょう」

「あ、暗殺者ですと!? エドワード様を死地に送った上に、暗殺のような卑怯《ひきょう》な手まで！」

フェルナンドの兵たちが、激高していた。

その気持ちはわかるが、俺は暗殺を卑怯だとは思わない。

暗殺とか、戦争ゲームではよくやった。

「カイン坊ちゃま、この者らの処遇、いかがいたしましょうか？ 首をはねますか？」

「俺と奴隷契約を結ぶように交渉してくれ。手荒な真似をしても構わない」

「ほう。坊ちゃま、コヤツらも兵団に加えるおつもりで？」

「いや……」

「カイン兄様！ ご無事だったのですね!?」

俺が答えようとすると、セルヴィアが駆け寄ってきて、胸にダイブしてきた。

「うおっ!?　セルヴィア！」

「今日のカイン兄様は、いつも以上にステキでした！　でも、無茶はしないでください。大丈夫だと信じていたのですが……す、すごく心配したんですよ？」

「あっ、ああ……！」

うーん、セルヴィアにはやっぱり癒やされるなぁ。

ささくれた心が、温かくなる。

前世でも、仕事から帰ってきてゲームを起動して、セルヴィアの顔を見ると癒やされたなぁ。

しばらく抱き合って、お互いの無事を身体の温もりで確かめ合う。


「兄様に頼まれた拠点作りをがんばってみたのですが、いかがでしょうか？　これならみんな安心して休めますか？」

「えらいぞ、セルヴィア。これなら、安心して眠れるし、最高だ」

「えへへっ」

セルヴィアの頭を撫でてやると、彼女は気持ち良さそうに目を細めた。

「セルヴィア。再び婚約者となったというのに、未だにカイン殿のことを兄と呼ぶのだな」

「お父様……長年の癖で、それ以外の呼び方ができなくなってしまいました。いつか、カイン兄様と結婚したら、呼び方が変わると思います」

結婚かぁ。

いつかその日が来ると思うと、デレっとしてしまう。

最推しヒロインと相思相愛なんて、まさに夢のような生活だよな。

だからこそ、俺とセルヴィアの幸せを阻む者は、叩き潰さなくてならない。

「では、カイン殿。セルヴィアとふたり用の天幕をご用意しましたので、どうか英気を養ってくだされ」

エドワード殿が頭を下げてきた。

……うん？

「セルヴィアよ、カイン殿こそ真の英雄。カイン殿のようなお方を夫とできるとは、お前はまことに果報者であるぞ。今宵《こよい》は、お前の身体で、カイン殿を存分に癒やして差し上げるがよい」

「はい、お父様。カイン兄様、初めてでうまくできるかわかりませんが、今夜は精一杯ご奉仕させいただきますね」

セルヴィアは何やら瞳を潤ませ、期待に胸を膨らませているようだった。

「えっ、ちょ、ちょっと……何をご奉仕するんだ？　そ、それに身体って？」

俺はゴクリと生唾を飲み込んだ。

身体が、カッと熱くなってしまう。

「ハハハハハッ！　戦の後で、女子《おなご》にしてもらうことといえば、ひとつでありましょう？」

「兄様、まずは服を脱ぐのを手伝って差し上げますね？　裸になってください」

「いや、ちょ!?　そっ、そそそ、そんなことしなくていいってぇ！」

セルヴィアはこの前15歳になったばかり。結婚もしていないのに、とんでもない！

エッチなのはイケないと思います！

「大丈夫です。カイン兄様はお疲れなのですから、何もせずに裸で横たわっていただければ。私がんばりますので。その……もし痛かったら、言ってくださいね？」

「いやぁあああッ！　ちょ、ちょっと待てぇええ!?　【アポカリプス】は18禁じゃなかったはずだぞぉおおおッ!?」

俺は慌てて後ずさった。

【アポカリプス】？　ランスロット、カイン兄様を私たちの天幕にお連れしてください」

「はっ！　セルヴィアお嬢様！」

「待て、ランスロット！　やめろぉおおおッ、離せ！」

「カイン坊ちゃま！　いかに坊ちゃまのご命令でも、これればかりは……これは貴族としての当然の責務でございますぞ！」

「兄様、大丈夫です。ちゃんと気持ち良くして差し上げますから私にすべてお任せください」

その後、俺はセルヴィアに汗まみれになった上半身をタオルで拭いてもらった。

めちゃくちゃ気持ち良かった。

それ以外は、特に何もなかった。

……あ、あれ？

2日後の昼間——

森の出口付近に、俺はシュバルツ兵団90名を布陣させていた。

「みなさん、がんばってください。ノルマまで、もう少しです」

「うっす！　セルヴィお嬢！」

「うーん、薬草の良い香りがするなぁ」

俺たちは、何もせずに待機しているわけではない。

セルヴィアの【世界樹の聖女】の力で薬草を召喚して、みんなで【回復薬《ポーション》】作りをしていた。

俺たちは全員、薬師のリルとアッシュの指導によって、【薬師レベル1】のスキルを習得している。

昨日から鬼のように作業し続けたおかげで、【回復薬】の瓶が山のように溜《た》まっていた。

「カイン兄様。6000本のノルマが達成できましたが、お父様の軍に分けるにしても、ちょっと量が多すぎませんか……？」

「えっ、これは攻撃用なんだけど。アンデッドを倒すには【回復薬】が一番だろう？」

小首を傾げてくるセルヴィアに、俺はちょっと驚いた。

「【回復薬】が攻撃用？　一体、どういうことですか？」

「うん？　アンデッド対策の基本じゃないか？」

「……いや、初耳ですぜ！」

みんな狐《きつね》につままれたような顔をしていた。

これは、まさか……

【回復薬】がアンデッドにダメージを与えられるのは、ゲームでは当たり前の知識だったが、この世界の住人にとっては違うのか？

Aランク以上のアンデッドには通用しないが、Dランク以下なら、ほぼ一撃で倒すことができる。そして、敵の構成はDランク以下のスケルトンとゾンビだった。

剣で斬るより、こっちの方が確実なのだ。

ちゃんと説明しようと思ったが、もう作戦開始まで時間がない。

平野から、こちらに押し寄せるアンデッドの大軍の土煙が見えてきた。

「……仕方がない。俺が合図したら全員で、アンデッドに【回復薬】を投げつけるんだ！　それで間違いなくヤツらを倒せる！」

「わかりました。カイン様がそうおっしゃるなら！」

アンデッド軍団は、この先にある街を全滅させて、拠点にしていた。

偵察によると、その数、約1万5000以上という悪夢のような状況になっている。

そこで俺はゴードンに【ファイヤーボール】の魔法を死の街に数発撃ち込んでもらい、ヘイトを買ってもらうことにした。

ゲームでもよく使っていた敵を誘い出す戦法だ。

もし危なくなったらセルヴィアが森に作った【大樹の砦】まで撤退すれば良い。

フェルナンド子爵軍には、そうなった場合に備えて【大樹の砦】に待機してもらっていた。

「ひぎゃぁあああっ！　俺様、こんな役回りばっかり!?」

「カイン坊ちゃま。敵を引き連れて参りましたぞぉおおッ！」

ランスロットに率いられた騎馬隊が、死の街から必死に逃げてきていた。

予想以上に釣れたな……

ざっと見て1万体以上はいるだろう。

俺たちが森から出て少数でいるのを見て、敵将は好機と判断したのだろう。

敵将はやはり、兵力を出し惜しみせず、数で押し潰す作戦のようだ。

「うまくいったな。ありがとうランスロット！」

「はっ！　この程度、カイン坊ちゃまのためなら、お安い御用でございます！」

「もうヤダ！　お家に帰してぇえええッ！」

アンデッドは動きが緩慢なので、騎兵なら追いつかれる心配はまずないが、追われる側は生きた心地がしないだろう。

「や、やべぇ、すげぇ大軍だぜ……」

俺の配下たちは、恐怖に息を呑んだ。

なにしろ、アンデッドは根源的な恐怖を刺激する上に、こちらの兵数の100倍以上もいるのだからな。

でも敵の弱点を突いた罠《わな》を張っていれば、恐れるに足らない。

「セルヴィア、今だ。ランスロットたちが抜けたぞ！」

「はい、【アルビドゥス・ファイヤー】！」

セルヴィアがアンデッド軍団に向かって、火炎を撃ち込んだ。それは地面にあらかじめ敷いておいた油を含んだ大量の枯れ草に引火して、爆発的に燃え広がる。

アンデッドは火に弱い。

炎に巻かれたアンデッドどもは、絶叫を上げて滅び去る。盛大な火葬だ。

だが、恐れを感じないアンデッドは、物量に任せて炎の海を強引に突破してきた。

「よし、【回復薬】をヤツらに向かって、投げつけろ！」

「はっ！」

配下たちは【回復薬】の瓶を次々に投擲《とうてき》した。

【回復薬】の溶液を浴びたアンデッドは、酸で焼かれたように溶けて崩れる。

「すげぇ！　ヤツらの身体が崩れていきますぜ!?」

その光景にみんな目を剝《む》いていた。

「アンデッドは人間の逆で、【回復薬】を浴びると、大ダメージを受けるんだ。ヤツらにとって【回復薬】は猛毒なんだ！」

「やったぁあああ！　これなら楽勝だぁ！」

兵たちは、アンデッドに次々に【回復薬】を投げつけて、あの世に送り返した。

セルヴィアは【アルビドゥス・ファイヤー】を放ち続け、敵を寄せつけない。

「カイン兄様、身体がすごく熱くなって……えっ、スキル【火炎使い】を手に入れたみたいです！」

「やった！」

俺は思わず快哉《かいさい》を叫ぶ。

大量のアンデッドを火を使って倒したことで、セルヴィアは【火炎使い】に必要なスキルの【熟練度】を入手できたのだ。

これも、今回の作戦の狙いのひとつだった。

「【火炎使い】は、火属性攻撃のダメージが30パーセントアップもする激レアスキルだ。やったなセルヴィア！」

「は、はい！」

【火炎使い】は、ずっと火属性攻撃ばかり使っていると、獲得できる隠しスキルだった。

他の属性攻撃を使うと、隠しパラメータである【火炎使い】のスキル熟練度がリセットされる鬼畜仕様だ。

このため、セルヴィアには火の魔法だけしか使わないように言ってきた。

それを律儀に守ってくれたからこそ、この土壇場で、セルヴィアの火力特化型ビルドは、完成の域に達したのだ。

「敵は、俺が囮となって引きつける！　【アルビドゥス・ファイヤー】を撃ち続けてくれ！」

俺は前に出て、スケルトンどもを剣で粉々に粉砕しながら叫んだ。

案の定、敵は指揮官の俺めがけて殺到してくる。

セルヴィアに指一本触れさせまいと、俺は剣を縦横無尽に振るった。

2日前の死闘を経て、俺の剣の腕前はさらなる領域に達していた。敵の動きが、以前よりよくわかる。

素早く移動しながら、包囲される前に敵を斬り伏せていった。

「はい、カイン兄様！　援護します！」

セルヴィアが再度、【アルビドゥス・ファイヤー】を放つと、巨大な火柱が立って、アンデッドの群れを焼き尽くした。

「おおっ！　今の攻撃はセルヴィアお嬢様ですか!?　助かりましたぞ！」

ランスロットが歓声を上げる。彼が率いる囮部隊も、戦列に加わっていた。

ランスロットは騎士剣で、ゾンビの群れを薙《な》ぎ倒《たお》す。

ゴードンも泣きながら魔法を放っていた。

罠に嵌《は》まった敵軍は、おもしろいように一方的に倒されていく。

Sランクモンスターがいることを警戒していたが、今回はいないようだった。

俺たちが疲弊したところに主力を投入するつもりかとも考えていたが、その気配もない。

……どういうことだ？

さすがにSランクモンスターを複数従えるなんて、不可能ということか？

いぶかしく思うが、それならそれで俺たちのレベル上げができるので好都合だ。これでシュバルツ兵団は、全員、レベルが5はアップするだろう。

「すげぇええ！　まさかアンデッドの大軍をこうも一方的にボコれるなんて！」

「カイン様に率いられた俺たちは無敵だぞぉおおッ！」

「カイン様、バンザイ！」

配下たちから喜びと称賛の声が上がった。

ほとんどワンサイドゲームで、俺たちはアンデッド軍団1万の殲滅に成功したのだった。

さらにシステムボイスが、新スキルの獲得を告げる。

これで俺の勝利は、ほぼ確定的となった。

『Sランクのアンデッドモンスターを倒し、単独で３０００体以上のアンデッドの討伐に成功しました。

おめでとうございます！

スキル【アンデッドバスター】を習得しました。

アンデッドの持つ耐性、スキルを無効化できます』

＝＝＝＝＝＝＝＝＝＝＝＝＝＝＝＝＝＝＝＝＝＝＝＝＝＝＝＝＝＝＝

カイン・シュバルツ
レベル40（UP！）
ユニークスキル
【黒月の剣】
剣技に闇属性力が付与されます。
スキル
【剣術レベル４】
剣技の命中率と攻撃力が40パーセントアップします。
【矢弾き】
飛び道具を弾く成功率が50パーセントアップします。

【ジャイアントキリング】

レベルが上の敵と戦う際、ＨＰが半分以下になると攻撃力と敏捷性が１００パーセント上昇します。

【薬師レベル１】

薬の調合が可能になります。

【アンデッドバスター】（ＮＥＷ！）

アンデッドの持つ耐性、スキルを無効化できます。

＝＝＝＝＝＝＝＝＝＝＝＝＝＝＝＝＝＝＝＝

◇◇◇聖女セルヴィア視点◇◇◇

この遠征に出る際に、私はエリス姉様より、ある提案を受けました。

『戦で汚れたカインの身体をセルヴィアがキレイにしてあげたら、どうかしら⁉　きっとカインってば大感謝＆大興奮して、いい感じの雰囲気になってセルヴィアにキスしてくれるに決まっているわ！　もしかすると、その先にも行っちゃうかもね！』

『……ご、ごく。そ、それは妙案ですね』

『そうよ！　戦で殺伐としたカインの心と身体を癒やしてあげるのよ！　女の子に身体を洗ってもらうと、男の人はすごく喜ぶってカインの部屋にあった薄い本に書いてあったわ！』

『そ、そうなのですね。わかりました。カイン兄様に喜んでいただけるのなら。誰かの身体を洗ったりした経験はありませんが、がんばります』

カイン兄様の部屋にあった書物の情報なら、間違いないと思います。

兄様は、魔法、戦術、魔物の知識にも精通していらっしゃいます。きっと、そういった学術書の類《たぐい》なのでしょう。

カイン兄様に喜んでいただけるなら、私はどんなことでもしたいです。

ただ、キスどころか、これで完全に一線を踏み越えてしまうかも知れませんが……

そう思うと、ドキドキしてしまいますね。

「どうですか？　兄様、気持ち良いですか？　もっと、特別にキレイにしてほしいところとか、ありますか？」

「……い、いや、特にないかな、ありがとう」

しかし、現実はなかなかうまくいきません。

3日前から毎晩、私はカイン兄様のたくましい身体を、こうやってタオルで拭っているのですが、特に何もしてくる様子がないのです。

や、やっぱり、私のことを妹としてしか見てくださっていないのでしょうか？　むむっ……恥ずかしいですが、兄様と距離を縮めるには、私からさらに踏み込むしかありません。

普段なら言えないような大胆なことでも、身体を清潔にするという大義名分があれば言えます。虐待ごっこで学びました。

「そ、そうですか？　今日はズボンも脱いでいただけませんか？　だいぶ（汚れが）溜まっていらっしゃるのでは？」

「いや、いい！　ちょっと元気になりすぎているから、そこは絶対に触らないでくれ！」

カイン兄様は絶叫しました。

な、なぜ、そんなにも嫌がるのか、わかりません。

兄様との間に、少し壁を感じてしまいました。

「子供の頃は、一緒にお風呂に入ったこともあったのに……」

足を洗うことは、させていただけないのでしょうか？

戦で酷使した兄様の両足は、パンパンになっているようです。

「できれば、私の手で硬くなった箇所をマッサージして差し上げたかったのに……」

「まっ、まままま、マッサージ!?　どこを!?　うっ、そんな傷ついた顔をされると……いや、絶対にダメだ！　もう子供の頃とは、違うんだよぉおおおッ!?」

兄様は両手をバタつかせて、慌てふためいています。

「そ、それにセルヴィアだって、自分の裸を他人に見られたりしたら、嫌だろ？」

「カイン兄様になら、まったく嫌ではありませんが……？　そうだ。子供の頃、お風呂でやったように、身体の洗いっこしませんか？」

「えっ？」

カイン兄様は、ピタリと硬直しました。

私もかなり恥ずかしいですが、カイン兄様は真の英雄です。

いずれ、兄様のすばらしさを知った女の子たちが、兄様の恋人になりたいと殺到してくるに決まっています。

そうなる前に、兄様と最低でもキスできる関係になっていなくては、安心できません。

婚約者といっても形式上の話で、幼馴染み以上、恋人未満なのが、現状なのだと理解しています。

キスをするためには、まずはお互いのボディータッチを増やしていくことが肝心だと思います。そのためには、身体の洗いっこが一番です。

そう思うと、だんだん興奮してきてしまいました。

「では、まずは背中……」

「む、無理無理無理無理無理ぃいいッ！」

カイン兄様は全身全霊、全力で拒否しました。

「むっ……では、足だけとかでは？」

「足って、太もも？　まさか、スカートをめくる……ッ!?　いや、ダメダメ！　エッチなのはイケないと思います！　そ、そうだ！　頭だけとかは!?」

「頭はいつも兄様に、なでなでしてもらっていますが……」

な、なかなかガードが堅いです。

それに好きな人から無理とか言われると、やっぱりちょっと傷つきますね。

でもこれで、カイン兄様と身体の洗いっこをした既成事実ができます。

まずは少しずつ距離を詰めて、キスしていただけるようにがんばらなくては。

「わかりました。では洗髪をお願いいたします。あとで、屋敷のメイドたちに、カイン兄様と身体の洗いっこをしたと自慢しますね」

「うっ、そんな変な自慢は……まっ、まあいいか、ちょっと待っていて」

兄様は立ち上がって、洗髪剤を探し出しました。

私は、ここでピンと閃《ひらめ》きました。

普段、持ち歩いていたあの薬を兄様に差し出します。

「兄様、これが洗髪剤です」

「あっ、サンキュー」

兄様はなんの疑いもなく、【服を絶妙に溶かす魔法薬】を私の頭にかけました。

ぐいっ、と身体を前に出して、私は薬液が身体全体にかかるようにします。

「えっ……ひゃあぁああッ!?」

カイン兄様は顔を真っ赤にして、悲鳴を上げました。

私の服が溶けて、下着と肌が露出します。

虐待ごっこ用に作ったこの薬は、服がボロボロになって、見えそうで見えないギリギリの姿になるように絶妙な調整がされているのです。

『カイン様に大興奮していただけますよぉおおッ！　きっと、キスしてもらえると思います！』

と、開発者のリルは太鼓判を押していました。

「ほら私は兄様に、肌を見られても嫌じゃありません。むしろ、うれしい……って、あれ？」

胸を張って、よく私の姿を見てもらおうとしたのですが……

気づけば兄様は、鼻血を噴いて気絶してしまっていました。

5章　死の皇女との決戦

2日後の深夜――

俺は騎乗したシュバルツ兵団100名を率いて、アンデッドの巣窟である死の街に向かった。

本来ならアンデッドの力が増大する深夜に攻撃を仕掛けるのは愚の骨頂だが、セルヴィアの【世界樹の聖女】の力を秘匿するためには致し方ない。

敵の数は5000に減ったが、まだ敵将の【死霊使い】が残っている。

ヤツらは、もうこちらの挑発には応じず籠城の構えだ。

おそらくだが、敵将は強力なアンデッドをまだ複数隠し持っており、俺たちが死の街に踏み込んだら包囲殲滅する作戦なのではないか？　と考えていた。

その裏をかいて完全な勝利を得るために、俺は【世界樹の聖女】の力を使うことにした。

もうこれ以上、ヤツらを王都近郊で暴れさせるわけにはいかない。

「ふふふっ、これからアンデッドどもの巣窟に攻撃を仕掛けるとは高ぶりますな」

長大な騎士剣を背負ったランスロットが、凄絶な笑みを浮かべる。

「臆病風に吹かれた者は、ひとりもおりません。みな指揮官であるカイン坊ちゃまを信頼して命を預けております」

「当然です、ランスロット様。俺たちはカイン様の下で、どれだけたくさんの魔物を狩ってきたと思っているんですか？」

「大量の【回復薬】も用意したし、準備万端ですぜ！」

いざという時、命の保証となる奥の手の【強化回復薬】も、ひとりにつきひとつ用意してある。

「いや、俺様はマジで、ビビってるんだが……」

ゴードンが、ひとりだけ青い顔をしていた。

「誰ひとり欠けることなく生きて帰る。勝手に死ぬことは、許さないからな！」

「はッ！」

俺の檄《げき》に、みんなが気合いに満ちた返事をする。


「最悪、今回の作戦は失敗しても構わない。自分と仲間の身を守ることを最優先にするんだ！」

「カイン兄様はいつでもみんなの命を大切に考えていらっしゃるのですね。全員の生還のために私も全力を尽くします」

セルヴィアが、覚悟と尊敬の籠もった目を向けてきた。

「えっ？　当然じゃないか……」

「おおっ！　それを当然だとおっしゃられるとは！　やはりカイン坊ちゃまこそ、騎士の鑑《かがみ》でございます！」

せっかく20レベルまで育てた兵を死なせてしまっては、もったいなさすぎるからなんだが。

ゲームでは、兵を死なせないように大事に育てることこそ重要だった。

そのためには、無理をしてまでクエストの達成にこだわるのではなく、レベルを上げてから再挑戦すれば良い。

「くぅうううッ！　カイン様のような慈悲深いボスの下で働けて、俺たちは幸せです！」

「カイン様、バンザイ！」

ランスロットやセルヴィアだけでなく、配下たち全員が感激しているので、とりあえず何も言わないでおく。

せっかく士気が最高潮になっているのに水を差すのは、もったいない。

何はともあれ、みんなには生きて帰ってほしいからな。

「よし、全軍突撃だ！」

「うぉおおおお――――ッ！」

全速力で死の街に向かって駆ける。

北門に近づくと、街を囲む城壁の上に陣取ったアンデッド兵が矢を斉射してきた。

やはりヤツらは打って出ることなく、籠城作戦のようだ。

「セルヴィア、頼む！」

「はい、兄様！」


ドォオオオオン！


見上げるような大樹が出現し、俺たちの頭上に枝葉を生やして、矢の雨を遮った。

「ひゃあああああ！　これがセルヴィアお嬢の本気ですか!?」

「すげぇや、お嬢！」

配下たちから、歓声が上がった。

「カイン兄様とお父様のため——フェルナンド子爵領のみんなのためにも、この作戦は必ず成功させてみせます！」

セルヴィアは決然と告げた。

「ああっ、頼む！」

俺たちはさらに馬を加速させて、門まで近づく。

わずかに届いた敵の射撃は、スキル【矢弾き】で切り払う。

「ちっくしょおぉおおおッ！　俺様は【矢弾き】なんて化け物スキル、持っていねぇんだぞ！　俺様が怪我をしたら、どうしてくれるんだぁあああッ!?」

ゴードンが【ファイヤーボール】の魔法を投げ放って、城壁上に爆発を巻き起こす。アンデッドの弓兵が、粉々になって吹っ飛んだ。

「ほほう。この距離から当てますか、ゴードン様。さすがは、我らシュバルツ兵団の魔法担当です」

ランスロットが感心する。

ゴードンは魔法の射程距離が長く、命中精度が桁外れに高かった。

指示すると、狙った場所にちゃんと魔法を撃ち込んでくれた。

先日、死の街に５００メートル以上という長距離から【ファイヤーボール】を投げ込んだ手腕も見事だった。

ランスロットから報告を受けて、驚いた。

「俺様はシュバルツ兵団に入った覚えはなぁいいいいッ！　こんな戦はもう金輪際やらないからなぁあああッ！」

こいつは多分、本物の天才だ。ちゃんと鍛え上げれば、勇者パーティのメンバーとすら、渡り合えるようになるんじゃないかと思う。

今度、ちゃんとゴードン専用の訓練メニューも組んでやろうかな。

「今です！」

ズドォオオオオン！

セルヴィアは再び大樹を、今度は街の門に叩きつけるように召喚した。

門が吹っ飛び、防壁が弾け飛ぶ。

「おおっ！　セルヴィアお嬢様がおられれば、破城槌《はじょうつい》要らずですな！」

ランスロットが驚嘆の声を上げた。

さらに、門を破った大樹が急激に枯れて、街中に倒れた。数々の家屋を下敷きにし、燃料となる枯れ葉が撒《ま》き散《ち》らされる。

さらにそこに、セルヴィアが召喚した大量の植物油が降り注いだ。

「【アルビドゥス・ファイヤー】！」

セルヴィアが火を放った。

スキル【火炎使い】を獲得したこともあって、その火勢は凄《すさ》まじいものだった。

炎が、大樹をあっという間に呑み込んだ。さらに家屋に次々に引火して、街全体を包む大規模な火災を引き起こす。

敵は門の内側に馬防柵なども設置してあったようだが、それらは単なる燃料と化していた。

「やったぜぇぇえええッ！　カイン様の狙い通りだ！」

「見たか化け物ども！　俺たちの大勝利だ！」

シュバルツ兵団から、興奮の声が上がった。

敵の籠城作戦は、完全に裏目に出た。

敵将は街中に罠を張って、俺たちを待ち構えていたのだろうが、そこに飛び込んでやる義理などない。

街ごと後腐れなく、焼き滅ぼしてしまえば良いのだ。

「お見事でございますカイン坊ちゃま！　一兵も失うことなく、アンデッド軍団を殲滅されてしまうとは！　神がかった軍略！　このランスロット、感服いたしましたぞ！」

「いや、これは全部、セルヴィアのおかげだ。ありがとう、よくがんばってくれた！」

「……は、はい」

セルヴィアは疲れた顔をしていた。

【大樹の砦】を作ってもらったことといい、大量の【回復薬】の材料となる薬草の召喚といい、セルヴィアには連日、無理をさせすぎてしまったみたいだ。

「ごめん、大丈夫か……？　すぐに帰って休もう」

「はい、ありがとうございます。カイン兄様のお役に立てて、うれしいです」

セルヴィアは脂汗を浮かべながらも、健気《けなげ》に微笑んでみせた。

「これで、全員で生きて帰れましたね。お安い御用です。あっ、レベルが34にまで上がったみたいですよ」

セルヴィアのレベルは、出撃時より4上昇していた。

簡易的な計算になるが、５０００のアンデッドは、ことごとく経験値に変わったと見て間違いない。

「よし、ランスロット退却だ！」

「はっ！　了解であります！」

俺たちは意気揚々と馬首を返す。

俺たちに弓矢を放っていたアンデッド兵たちも、炎に飲まれた。火勢はとどまるところを知らずに、夜を赤々と照らす。

敵将が死の街にいたとしたら、まず助からないだろうな。

「やったぜ！　やっぱりカイン様は、すげぇ指揮官だ！」

「俺たちの大勝利だぁ！」

「今夜は朝まで宴会ですな！」

配下たちは、勝利の雄叫びを上げた。


ヒッヒーン！

だが、その時、馬たちが一斉に足をもつれさせて、前のめりに倒れた。

「なにッ!?」

俺は空中で身をひねって、両足で地面に着地する。

ズブッ、と足がぬかるみにはまる嫌な感触がした。広範囲の地面が、紫色の毒沼に変わっているのに気づく。

「セルヴィア!?」

「きゃあああああッ!?」


セルヴィアも馬から地面に投げ出されたが、俺が素早くキャッチして事なきを得た。

「あっ、ありがとうございます。カイン兄様……一体、何が?」

「これは地形操作魔法【毒沼《ポイズンレイク》】!?」

身体中に毒による痛みと痺《しび》れが走った。

地形操作魔法は、事前の準備が必要な高度なものだ。

同時に毒沼から、無数の動く骸骨が湧き出してくる。スケルトンといった雑魚ではない。

剣と盾で武装したCランクの魔物、骸骨戦士《スケルトンウォリアー》だ。推定レベルは18。こいつらは、死んだ戦士の成れの果てで、それなりの剣技を使う。

「ちくしょう、コイツら!?」

アチコチから悲鳴が上がった。

俺の配下に、骸骨戦士どもが襲いかかる。

生物ではないアンデッドに毒は通用しない。こちらだけが、圧倒的に不利な状況だ。

これは張り巡らされた周到な罠だ。おそらく、街に踏み込んだ俺たちを逃さないために仕掛けてあったのだろう。

「みんな【回復薬】をぶつけろ！　落ち着いて対処するんだ！」

「はっ！」

俺は混乱状態になった兵団を立て直すべく、命令を飛ばす。

毒で痺れて、満足に剣が振れなかったとしても、【回復薬】を浴びせれば、楽にアンデッドを倒すことができるんだ。

「ゴードン、バフ魔法だ！　って、もうやっている!?」

「ひゃあああああ!?　お前ら、俺様を死ぬ気で守れぇえええ！　【筋力強化《ストレングス・ブースト》】【倍速強化】！」

骸骨戦士に斬りかかられたゴードンが、取り乱しながら、兵団にバフ魔法をかけていた。

混戦になった場合、味方を巻き込む恐れのある攻撃魔法はうかつには使えない。

「おっ、おおおおおおッ！」

地の底から響くような雄叫びが轟いた。

同時に毒沼の中心地より、首なし騎士が立ち上がる。

「なっ、デュラハン・ジェネラルだと!?」

さすがに愕然とした。

そいつはデュラハンの上位種のSランクモンスターだった。

推定レベルは55。ユニークスキル【死の呪い】を持ち、範囲50メートル以内の人間に、毎分HPの5パーセントのスリップダメージを与える。

ただそこに存在しているだけで、人間を殺し尽くす最凶最悪のモンスターだ。

「コイツが、敵の切り札か!?」

「あぅ!?」

セルヴィアが喉を押さえて、うめいた。

デュラハン・ジェネラルの【死の呪い】が、彼女の生命力を奪っているのだ。

アンデッドのスキルを無効化するスキル【アンデッドバスター】を持つ俺には効かないが、兵団の全員が【死の呪い】にかかる。

毒と呪いの状態異常の二重苦だ。


「カイン坊ちゃま！　おのれ……貴様ら、退けッ！」

骸骨戦士をなぎ倒しながら、ランスロットが焦慮の声を上げる。

ヤツらはランスロットを大勢で包囲し、集中攻撃を仕掛けていた。

デュラハン・ジェネラルが、俺に向かって突撃してくる。

「煉獄《れんごく》に墜《お》ちよ【デス・ブリンガー】！」

ヤツの掲げた剣が、血のような禍々《まがまが》しい赤い輝きに包まれた。

【デス・ブリンガー】とは、HPの半分を代償に支払うことで、剣の攻撃力を5分間のみ、100パーセント上昇させる暗黒系のスキルだ。

防御度外視の男のロマンが詰まったスキルだが、問題はアンデッドとの相性が抜群であることだ。アンデッドは代償を必要とせず、危険度の高い暗黒系スキルを発動できる。

まずい……っ！


足を毒沼に取られ、セルヴィアを左手で抱えた状態では、満足に動けない。

「ぐぅッ!?」

デュラハン・ジェネラルの猛攻を、俺は防御剣技【ソードパリィ】で受け流す。

闇夜に剣戟の火花が散った。

雷光のごとき速度と、巨岩のような重さを兼ね備えた斬撃だった。

それをデュラハン・ジェネラルは切れ目なく、叩きつけてくる。

一発でも仕損じれば、その瞬間、俺とセルヴィアの死は確定するだろう。

「【アルビドゥス・ファイヤー】！」

セルヴィアが至近距離から、猛火を放った。

デュラハン・ジェネラルは、たたらを踏んで後ずさる。

「カイン兄様、今です！」

「おっ、おおおおおッ！」

その一瞬の隙に、俺は地面を蹴って猛然と突っ込んだ。

俺の足元には、セルヴィアの召喚した巨大な蓮《はす》の葉が出現していた。毒沼の上に確かな足場が作られる。

これで、剣技に必要不可欠な足の踏み込みができるようになった。

【黒月の剣】×【アンデッドバスター】

本来、デュラハン・ジェネラルには闇属性攻撃は通用しないが、俺のスキル【アンデッドバスター】はアンデッドの持つ闇属性耐性を無効化できる。

つまり、【黒月の剣】による闇属性ダメージが、通るようになるんだ。

俺はデュラハン・ジェネラルに真向斬りを放つ。その一撃は、今までで最高とも言える一撃だった。

刃の先端で、衝撃波が弾けた。剣が音速を超えたのだ。

修行では、どうやっても成功しなかった剣の奥義【音速剣《おんそくけん》】だ。

俺の剣は、デュラハン・ジェネラルの鎧を深く斬り裂いた。

その瞬間、噴き上がった【黒月の剣】による闇の炎がヤツを蝕み、焼滅させる。

デュラハン・ジェネラルの全身が、光の粒子となって溶け崩れた。

「おおっ！　か、勝った！　カイン坊ちゃまと、セルヴィアお嬢様が……勝ちましたぞぉおおおッ！」

ランスロットが感激に喉を震わせる。シュバルツ兵団の爆発的な歓声が響き渡った。

『デュラハン・ジェネラルを倒しました。レベルが45に上がりました！』

『剣術スキルの熟練度を獲得しました。

剣術スキルがレベル5に上昇しました！

剣技の命中率と攻撃力が50パーセント上昇します』

『【デス・ブリンガー】使用状態の敵を倒しました。

おめでとうございます！

暗黒スキル【デス・ブリンガー】を習得しました。

HPの半分を代償に支払うことで、剣の攻撃力を5分間、100パーセント上昇させます』

＝＝＝＝＝＝＝＝＝＝＝＝＝＝＝＝＝＝＝＝＝＝＝＝

カイン・シュバルツ

レベル45（UP！）

ユニークスキル

【黒月の剣】

剣技に闇属性力が付与されます。

スキル

【剣術レベル5】（UP！）

剣技の命中率と攻撃力が50パーセントアップします。

【矢弾き】

飛び道具を弾く成功率が50パーセントアップします。

【ジャイアントキリング】

レベルが上の敵と戦う際、HPが半分以下になると攻撃力と敏捷性が100パーセント上昇します。

【薬師レベル1】

薬の調合が可能になります。

【アンデッドバスター】

アンデッドの持つ耐性、スキルを無効化できます。


【デス・ブリンガー】（ＮＥＷ！）

生命力《HP》の半分を代償に支払うことで、剣の攻撃力を５分間、１００パーセント上昇させます。


＝＝＝＝＝＝＝＝＝＝＝＝＝＝＝＝＝＝＝＝

「カイン兄様、まずは、この場を切り抜けましょう」

セルヴィアが手をかざすと、兵たちの足元にも次々に巨大な蓮の葉が出現した。

「よっしゃあッ！　これで戦える！」

「セルヴィアお嬢、助かります！」

これで毒沼に浸《つ》かることなく、確かな足場で戦うことできるようになった。

シュバルツ兵団は喜びに沸き返り、猛反撃に出る。

骸骨戦士は、次々に撃破されていった。

「セルヴィア、無茶しすぎだぞ」

「……もう、兄様がそれをおっしゃいますか？」

セルヴィアは明らかに限界がきているようで、顔色が悪かった。

「だけど、助かった。これでみんな生きて帰れる」

「はい！」

ふう、これで一安心と思った時だった。

戦場に馬蹄《ばてい》の音が轟いた。

何事かと振り返ると、炎上する死の街から騎馬隊が駆けてきている。

「……あれは、まさか【死霊騎士団《デスナイツ》】!?」

炎の照り返しを受けるのは、穢れた瘴気をまき散らすアンデッド騎士団だった。

動く白骨死体の馬【ボーンホース】に乗った【死霊騎士《アンデッドナイト》】、約５００騎が押し寄せてきていた。

ヤツらは騎士がアンデッド化したBランクモンスターであり、推定レベルは30以上。シュバルツ兵団より、10レベル以上も格上だった。

しかも先頭で率いているのは、デュラハンだ。

「バカな……な、なんだ、あの騎士団は!?」

「あっ、あぁあああ……も、もうダメだ」

「あんな戦力を隠していたのかよ!?」

「もう虎の子の【回復薬】は使い切ってしまったぞ!?」

「し、死ぬ前に一度で良いから、エリスとキスしたかったぁあああッ！」

その圧倒的な脅威の前に、さしものランスロットも愕然とした。疲労困憊のシュバルツ兵団に絶望が広がる。

それで、俺は敵の正体を確信した。

死霊騎士団を率いる凄腕の【死霊使い】といえば、ゲーム後半で対決するあのボスキャラしかないだろう。

俺は大声を張り上げた。

「……アンジェラ・アトラス皇女殿下！　王国に破壊と騒乱をもたらすのが目的なら、この俺と手を組んだ方が得策ではありませんか!?」

敵将を引っ張り出して倒さなければ、もはやこの窮地を切り抜けることは不可能だ。

【死霊使い】に操られたアンデッドは、【死霊使い】を倒せば活動を停止する。

「アンジェラ・アトラス皇女？」

セルヴィアが、なんのことかわからずキョトンとする。

それは他のみんなも同じだったが、俺は構わずに敵将に呼びかけた。

「俺の目的は、【世界樹の聖女】セルヴィアを擁して、アルビオン王国に反旗を翻すことです！　交渉のテーブルについていただきたい！」

嘘八百《うそはっぴゃく》のハッタリだが……さて、これで姿を隠したアンジェラを釣ることができるだろうか？

俺は固唾を呑んで、結果を待った。

「……驚いたわ。ソレ、本気で言っているの？」

死霊騎士団が、俺たちを蹂躙する直前で停止した。

おおっ。

思わず、感動で声を上げそうになってしまった。

目の前の空間がブレて、黒いドレスを着た14歳ほどのあまりに美麗で可憐な少女が現れた。

死霊騎士団の主、【死の皇女】の異名を持つアンジェラ・アトラスだ。

実はゲームで、セルヴィアの次に好きなキャラがアンジェラだった。

とはいえ、今は殺し合いをする相手だ。気を引き締める。

「初めまして、カイン・シュバルツ殿。お噂とは、だいぶ違うお方のようね。私はアトラス帝国の第三皇女アンジェラと申しますわ」

アンジェラは、スカートの裾を摘んで優雅に一礼した。

舞踏会にでもやってきたかのような場違いな態度だった。

シュバルツ兵団のみんなは、唖然としている。

「はじめて御意を得ます、アンジェラ皇女殿下。お会いできて光栄です。アルビオン王国の貴族カイン・シュバルツでございます。今宵の殿下の趣向を凝らしたもてなしには、感じ入りました」

「ふふっ、お楽しみいただけたようで、なによりですわ。ここが舞踏会場なら、思わずダンスを申し込みたくなるような素敵な殿方ね……でも、迂遠《うえん》なのは、嫌いなの。この私を主とした奴隷契約を結ぶというなら、特別に命を助けてあげても良いけど、いかがかしら？」

いきなり直球で来たな。

「……アトラス帝国の皇女殿下ですと？　そのようなお方が、なぜここに？」

ランスロットの疑問はもっともだった。

「彼女は、庶子だからな。皇族としての地位は名ばかりで、その優れた【死霊使い】としての才能を使って暗躍することを、皇帝から求められているんだ」

時間稼ぎのために、俺はアンジェラの身の上をしゃべった。

時間さえ稼げれば、まだ逆転の目はある。

アンジェラは不機嫌そうに眉根を寄せた。

「……【世界樹の聖女】の存在を秘匿し、手柄を上げるために使っているあなたに野心があることは理解したわ。なるほど、事情通でもあるようね」

アンジェラの手に、死神が持つような身の丈を超える大鎌——【デスサイズ】が出現する。

ううーん。美少女がこういう大型武器を手にすると、映《は》えるよな。

魔法の存在するゲーム世界ならではの光景で、ちょっと感動してしまう。

「まずはひざまずいて、どこで、どうやって私の情報を知ったのか答えなさい。あなたの主となるこの私の命令よ」

アンジェラは冷たい目で告げた。

彼女は帝国の破壊工作員として、アルビオン王国に素性を隠して潜り込んでいる。

その情報が漏れたとなれば、死活問題だろう。

「そうですね……裏切り者が、アンジェラ皇女殿下のお近くにいるのかもしれませんね。一度、身辺をきれいになさってみては、いかがでしょうか？」

「……この私を愚弄する気？」

アンジェラは怒りをあらわにした。

裏切り者の存在を匂わされたら、心中穏やかではいられないだろう。

アンジェラは、父親である皇帝に自分の存在価値を認められたくてたまらないキャラだからな。配下に裏切られていたなどとなれば、皇帝からの無能の誹《そし》りは免れないだろう。

よし、俺のペースにハマってきたな。

「おいでなさいリーパー！」

アンジェラの目前の空間が歪み、大鎌を構えた骸骨が出現した。その身体は幽霊のごとく透けている。

「カイン坊ちゃま、アレは剣士の天敵ですぞ！」

ランスロットが泡を喰って警告してきた。

「ふふふっ、その通り。あなたは剣技に相当、自信があるようだけど、浅はかだったわね。いざとなれば、強引にこの場を切り抜けられるとでも考えているのでしょうけど。剣士であるあなたに、この子は倒せないわ」

リーパーは物理攻撃の通用しない幽体系《アストラル》のSランクモンスターだ。推定レベルは50。

ゲームでも苦労させられた相手だ。勇者の使う光魔法以外では、魔法でもろくにダメージを与えられない。

「最後通告よ。ひざまずいて、この私に忠誠を誓いなさい。私の軍団を葬った手腕は見事だったわ。特別に、生きたまま私の騎士となる栄誉を与えてあげる。それとも、アンデッドになりたいのかしら？」

「カイン兄様……！」

セルヴィアが息を呑んで俺を見つめる。

「その前に、ひとつよろしいでしょうか、アンジェラ皇女殿下。あなたの母君は、生きていらっしゃいます。俺はその居場所を知っていますよ」

「な、なんですって……？」

アンジェラは驚きに口をパクパクさせた。

ここまで俺は、本来知り得ないアンジェラの情報をペラペラしゃべってきたのだ。デタラメだと一笑に付すことはできないだろう。

これで、アンジェラの気を逸らすことができる。

「平和を愛するエルフの族長である母君が、今の殿下のお姿を見られたら、嘆き悲しむでしょうね」

「あ、あなたどこまで……」

その時、側面から死霊騎士団に矢が降り注いだ。

アンジェラは驚いて【デスサイズ】で、身体をガードする。

「カイン殿！　フェルナンド子爵エドワード、推参いたしましたぞ！」

忍び寄って奇襲をしかけたのは、フェルナンド子爵軍の歩兵約５００人だった。

暗闇から一斉に弓矢を放っている。俺はその気配に先ほどから気づいていた。

「フェルナンド子爵軍ですって!?　ふんッ、そんな弓矢などで、私の死霊騎士団が倒せるとでも……えっ!?」

アンジェラが目を剝いた。

矢を喰らった死霊騎士たちが、苦悶の声を上げている。

フェルナンド子爵軍が放っているのは、毒矢ならぬ回復矢だった。矢尻にタップリと【回復薬】の薬液を塗った、アンデッド対策用の矢だ。

「効いているぞ！　さすがは、カイン様の考案された武器だ！」

フェルナンド子爵軍が歓声を上げる。

俺はエドワード殿には、できれば前線に立ってほしくなかったのだが……

エドワード殿は万が一、俺たちが劣勢に追い込まれたら、必ず救援に駆けつけると約束してくれていた。

それ故、俺はアンジェラと交渉するフリをして、時間稼ぎに徹していたのだ。

「今度は、我らがカイン殿を助ける番だ！　フェルナンドの誇りを見せてやろうぞ！」

「はっ！」

「お父様、ありがとうございます！」

セルヴィアが歓呼の声を上げた。

「みんな、まだ戦いは終わっていないぞ、奮い起《た》て！」

檄を飛ばすと、シュバルツ兵団が士気を取り戻した。

「ははっ！　あのデュラハンの相手は、このランスロットめにお任せあれ！」

「生き残れる⁉　俺様、もしかして生き残れる⁉　ヒャッハー！　こうなりゃ、残りの魔力を振り絞るぜぇえええッ！」

「これが最後の力です。【アルビドゥス・ファイヤー】！」

「うぉおおおっ、シュバルツ兵団、突撃だ！」

俺の兵たちが、死霊騎士団に最後の攻撃を仕掛けた。

ヤツらも、火攻めでダメージを受けているはず。しかもフェルナンド子爵軍との挟撃だ。これなら、勝ち目はある。

「姫、お下がりを……ッ！」

デュラハンが、アンジェラを庇って前に出ようとする。

「ガウェイン。この私が、剣士ごときに後れを取るとでも？　あなたは、ランスロットの相手をしなさい。伝説の騎士とまで謳《うた》われた男、相手にとって不足はないでしょう？」

「はは……っ！」

どうやらアンジェラを挑発したかいがあったようだ。

アンジェラは、自らの手で俺を殺すことにこだわってくれた。

彼女の異名にもなっているユニークスキル【死の皇女】は、殺した相手を自動的にアンデッド化して従えることができるというものだ。

「あなたが俄然《がぜん》、欲しくなったわカイン・シュバルツ、【冥火連弾《ヘルファイア》】！」

アンジェラの周囲に、黒い火球がいくつも浮かんで、一斉に俺に押し寄せてきた。それは生命を蝕む呪いの炎だ。

俺は地面を蹴って、【冥火連弾】を全弾回避する。

「おゆきなさい、リーパー！」

さらに大鎌を振りかざした死神リーパーが襲いかかってきた。

だが、今の俺には【アンデッドバスター】のスキルがある。

「ギャアアア!?」

「なっ!?」

リーパーは俺の剣に縦に裂かれて、絶叫と共に消滅した。

【アンデッドバスター】のスキルは、アンデッドの持つすべての耐性とスキルを無効化できる。つまり、【物理攻撃無効化】というリーパーの耐性も無効化できるのだ。

「ま、まさか、剣でリーパーを斬り裂いた……？」

アンジェラは信じられないといった面持ちで、俺を見つめた。

「悪いがアンジェラ。負けて奴隷となるのは、お前の方だ！　俺もお前が欲しい！」

『リーパーを倒しました！　レベルが48に上がりました！』

「この私を奴隷にするですって？　調子に乗らないでちょうだい、剣士風情が。この私を誰だと思っているの？」

不機嫌そうに鼻を鳴らしたアンジェラの手から、無数の黒い小鳥が飛び立った。

「魂魄《こんぱく》を喰らいなさい【獄炎鳥《ごくえんちょう》】！」

それらは、複雑な軌道を描きながら目にも留まらぬ速さで俺に迫る。

「命中すれば、魂を破壊する即死魔法よ。すべてかわせるかしら？」

「なっ、即死魔法ですと!?」

「カイン兄様！」

ランスロットが度肝を抜かれ、セルヴィアが不安げな悲鳴を上げる。

これは避けようとしても追尾してくるタイプの高等魔法。アンジェラの奥の手だ。

だが、【剣術レベル5】の境地に達した俺にとって脅威とは言えない。

【矢弾き】×【剣術レベル5】×【黒月の剣】

スキル【矢弾き】は、飛び道具を弾く成功率を50パーセントアップする。

さらに【剣術レベル5】の命中率アップ効果も加算され、飛び道具への剣の命中率は基本値100パーセントとなっていた。

【黒月の剣】の闇属性力は、魔法をも破壊する効果を持つ。


「はぁあああああ——ッ！」

俺は凄まじい勢いで剣を振るい、【獄炎鳥】をひとつ残らず叩き斬る。

「……なっ、なんなのあなた？　今度は即死魔法を斬った？」

アンジェラは戦慄していた。

魔法を斬ることも非常識だが、仕損じれば即死の状況でそれをするのも非常識だろう。

俺も成功率が100パーセントでなければ、こんな危険な真似はしない。

「驚きましたか？　カイン兄様には魔法など通用しないのです」

セルヴィアが腰に手を当ててドヤ顔をしていた。

しかし、その額には冷や汗が浮き出ており、内心、かなり心配をかけてしまったようだ。

「くぅぅう……ッ！」

アンジェラは悔しそうに歯軋りした。

自慢のアンデッドも即死魔法も効かないとなれば、まさに屈辱の極みだろう。

「アンジェラ、大人しく投降してくれないか？」

アンジェラは、ゲーム本編では敗北を繰り返し、父親に見限られて処刑されてしまう。

そんな未来は見たくないんだよな。

「俺を主とした奴隷契約を結んで、シュバルツ兵団の一員となってくれるなら、決して悪いようにはしない。お母さんにも、会わせてやる。皇帝に尽くしても破滅しか待っていないぞ？」

「ハハハハッ！　大国の皇女を兵団に加えようなんて、カイン様はすげぇや！」

死霊騎士団と斬り合う俺の兵たちが、さも痛快だとばかりに笑った。

「むっ、女の子を奴隷にするというのは、ちょっとどうかと思いますよ、カイン兄様？」

うっ、セルヴィアの視線が痛い。

「いや、だって、アンジェラを奴隷にできたら、すさまじい戦力となるだろう？　セルヴィアを守るためにも役立つし、なによりボス討伐マラソンができるようになるんだ！」

「私のためですか？　でしたら、うれしいのですが……」

セルヴィアはジト目で俺を見つめる。

「ご心配には及びませんぞ、セルヴィアお嬢様！　カイン坊ちゃまに下衆な思惑がないことは、お嬢様が一番ご存じのはず！」

ランスロットがデュラハンと激しく斬り結びながら叫んだ。

「……そうですね。一昨日《おととい》は、私の肌を見ただけで、鼻血を出して倒れてしまいましたし」

セルヴィアは変な納得の仕方をしていた。

「ふざけないでちょうだい！　私の魔法力は、お母様から受け継いだ特別なものよ。たかが剣士風情に、この私が敗れるはずがないわ！」

アンジェラは激怒した。


「いかに極めようとも剣には限界があることを教えてあげる。私の【獄炎鳥】の嵐に、どこまで耐えられるかしら？」

アンジェラは両手で再び【獄炎鳥】を放ってきた。しかも、空を埋め尽くすほどの大群だ。

魔力をすべて絞り尽くすつもりか。

「みんな巻き添えを喰らうぞ、下がれ！」

「ひゃあああ!?　なんて非常識な魔力だぁ!?」

ゴードンが転がるように逃げ出す。

俺は飛来する【獄炎鳥】を叩き斬りながら、アンジェラに向かって突進した。

さすが、デュラハンたちを従えているだけあって、アンジェラは剣士の弱点を心得ているな。

いくら迎撃率100パーセントでも、剣を振る速度に限界がある以上、物量で押し切られたら負ける。

速攻でアンジェラを捕捉して倒すしかない。

「クスッ。その程度のスピードで、この私を捕らえれるとでも？」

だが、敵もさるもの。

アンジェラの敏捷性は俺より高く、近づこうにも、後退されて距離を開けられてしまう。

アンジェラは【浮遊《レビテーション》】の魔法を使って重力から自由になっており、まるで翼でも生えているかのような動きだった。

しかも、アンジェラが召喚した大量の骸骨戦士によって、俺との間に壁を作られてしまう。

「カイン・シュバルツ、なかなか楽しめたわ。お礼にあなたを殺して、私を守るアンデッドナイトにしてあげる。素敵でしょ？」

アンジェラは余裕を取り戻して、軽口を叩いた。

彼女はエルフの族長と皇帝の血を引く、超天才のサラブレッド。自分より強い敵を相手にしたことなど、今までなかったのだろう。

それ故の油断と驕《おご》りがあった。

「悪いが、俺はセルヴィアのナイトなんでな。暗黒スキル【デス・ブリンガー】！」

俺はデュラハン・ジェネラルから習得した新スキルを発動した。

生命力《ＨＰ》が半分になる代償と引き換えに剣の攻撃力が5分間、１００パーセント上昇する。

同時にスキル【ジャイアントキリング】の発動条件も満たした。

＝＝＝＝＝＝＝＝＝＝＝＝＝＝＝＝＝＝

【ジャイアントキリング】

レベルが上の敵と戦う際、ＨＰが半分以下になると攻撃力と敏捷性が１００パーセント上昇します。

＝＝＝＝＝＝＝＝＝＝＝＝＝＝＝＝＝＝

【デス・ブリンガー】×【ジャイアントキリング】

これによって俺の攻撃力は合算で4倍、敏捷性は2倍にまで上昇する。

「【音速剣】！」

俺は猛然と踏み込んで、衝撃波をまとった剣の一撃を放った。

アンジェラを守る骸骨戦士と、空を埋め尽くす【獄炎鳥】が、一気に消し飛ぶ。

攻撃力を徹底的に高めた上での衝撃波による広範囲攻撃。闇属性力も乗るために、魔法をも破壊できる。今の俺が放てる最強の一撃だ。


「なぁッ!?」

アンジェラは驚愕の表情を浮かべた。とっさにガードするも、専用武器のデスサイズが弾き飛ばされる。

その隙に、俺は一瞬でアンジェラに肉薄した。彼女の首筋に手刀を叩き込む。

アンジェラは糸の切れたあやつり人形のように倒れた。


次の瞬間――

「うぉおおおおッ！　カイン様が勝利されたぞぉおおおッ！」

歓声が大地を震わせた。

アンジェラが気絶したことにより、死霊騎士団も夜闇に溶けるように消え去った。彼らはアンジェラの召喚に応じて、冥界から馳《は》せ参《さん》じていたのだ。

「カイン坊ちゃま！　このランスロット、感動、感動いたしましたぞぉおおッ！　私が伝授した奥義で勝利されるとは！　剣を極めれば魔法をも凌駕《りょうが》する！　それを身をもって証明されましたなッ！」

ランスロットが大泣きしながら拍手していた。

アンジェラの『剣士ごときが』発言は、ランスロットの心を密かに削っていたようだ。

「カイン兄様！」

セルヴィアが感極まって俺に抱きついてきた。彼女は、うれし涙を浮かべている。

「良かったです。今度こそ、もうダメかと思いました！　アンジェラ皇女の最後の攻撃、兄様が今度こそ殺されてしまうかと……ッ！」

「大丈夫だ。セルヴィアをおいて、絶対に死ぬものか」

俺はセルヴィアの頭を撫でて安心させてやる。

朝日が昇って、空が白みはじめた。死霊たちが跋扈《ばっこ》する闇の時間は、終わりを告げたのだ。

◇◇◇ゴードン視点◇◇◇

腕だ。

「アヒャヒャヒャ！　さすがはカイン様、それが真の目的だったのですね？」

俺様はゴードン。オーチバル伯爵家の次期当主にして、偉大なるカイン・シュバルツ様の右

俺様は気絶したアンジェラ皇女を天幕に運びながら、愉悦に浸っていた。

やはり貴人のエスコートは、俺様クラスでないと任せられないということだな。

ヒャッハー！　気分がいいぜぇ。

「カイン様はおっしゃった。『俺の目的は【世界樹の聖女】セルヴィアを擁してアルビオン王国に反旗を翻すことです』と！　それが本心！　そう、カイン様は王を目指されていたのだぁ！」

ミスリル鉱山を有しているだけでも、やがて王国随一の大貴族になれるだろう。

それに加えて【世界樹の聖女】セルヴィアを婚約者とし、ご自身も圧倒的な武勇を誇っておられる。

「さらにはアトラス帝国の皇女まで奴隷にするおつもりとは……ッ！　もしこれが成功すれば……これは大きい、これは大きいぞ！」

カイン様の野望は、アルビオン王国の王位に留《とど》まらないのかもしれない。

きっと、アトラス帝国まで征服する策を立てていると考えて間違いないな。

「おっ、おおお！　コイツは、俺様がビックになれる大チャンス！　ヒャッハー！　さっそく今から動かなくちゃな……！」

現在のカイン様の陣営の中で、カイン様の真意を理解しているのは俺様だけだろう。

ここで大きく貢献すれば、カイン様が覇者となる世界において、絶大な権力が握れるぞ。

そうすれば、エリスも俺様に惚れ直して、結婚してくれるに違いない。

そう思うと、大興奮してきた。

もうレオン王子になんか尻尾を振る必要はない。カイン様の家臣になれたことは、俺様の人生、最大の幸運だった！

俺様はカイン様の野望の実現のため、密かに暗躍することに決めたのだった。

◇◇◇アンジェラ皇女視点◇◇◇

「……はっ!?　こ、ここは？」

目覚めた私は、慌てて周囲を見渡した。

ここは天幕の中のようで、私は椅子に座らされた状態で拘束されていた。

両手両足は魔法封じの枷《かせ》を嵌められている。これでは、魔法は使えないわ。

「目が覚めたか？」

「あなたは……ッ！」

すぐ近くにカイン・シュバルツがいた。

確か、私はこの男と戦って……そして、負けた？

認めがたい記憶がどっと蘇《よみがえ》ってくる。

カインは確か、私を奴隷にしたいなどと言っていた。

1万5千以上ものアンデッド軍団を擁しておきながら、カイン率いる100人程度の部隊に負け、さらには奴隷に身を落としたとなれば、アトラス帝国の恥。

お父様からは、もし私が敵の手に落ちるようなことがあれば、恥辱を受ける前に、帝国の名誉を守って自害せよと命じられていた。

自由を奪われ、自決できないのであれば……取るべき道はひとつ。

私は覚悟を決めて叫んだ。

「くぅっ……私は偉大なるアトラス帝国の第3皇女アンジェラ！　その誇りにかけて、あなたになど決して屈しないわ……殺せ、今すぐ殺しなさい！」

「えっ、くっ殺せ!?」

カインはすっとんきょうな声を上げて仰け反った。

「アンジェラの『くっころ』なんて、二次創作でしか見たことなかった！　感動！」

「はぁ……？」

身を震わせるカインが何を言っているのか、まるでわからないわ。

「悪いけど、今のセリフをもう一度、言ってもらえないか？」

なに……？

今の会話に、何か特別な情報が入っていたかしら？

「おあいにくさま！　あなたに話すことなど、何もないわ。もし私から情報を引き出したいなら、拷問でもなんでもしてご覧なさい。だけど無駄よ。お父様の娘として、最後まで誇り高く振る舞って、死んでやるわ！」

「うぉおおお、アンジェラ！　そのセリフ！　そのセリフが聞きたかったんだぁ！」

「えっ……？」

カインは歓喜していた。

も、もしかして私、この男の術中に嵌《は》まって、無自覚に大事な情報をしゃべってしまったの？

私は自分のうかつさに恥じ入った。

「安心してくれ。拷問とかする気はまったくないから。アンジェラは俺の2番目の推しだからな。二次創作を小説投降サイトで、よく漁っていたんだ！」

なんだか、カインはすごくうれしそうだった。

二次創作？　小説投降サイト？

まったく知らない言葉だけど、何かの魔法用語かしら……？

カインの術中に嵌まらないように、わからないことは無視して私は慎重に尋ねる。

「……拷問する気がないですって？　私を奴隷にしたいなんて言っていたのに、一体、どういうつもりなの？」

カインの他にこの場には、誰もいない。

不用心というより、おそらく私との会話を誰にも聞かれたくないということね。

「もちろん、アンジェラには俺の奴隷というか、仲間になってもらいたい。セルヴィアを、【世界樹の聖女】を欲しがっているレオン王子を、俺はいずれ叩き潰すつもりだからな」

カインはあっさりと腹の内を明かした。

「ふんっ。あなたはレオン王子の忠実な配下だという情報だったけど……とんだ食わせ者のようね。狙いは王位の簒奪《さんだつ》というわけ？」

この男なら、下剋上《げこくじょう》くらい容易《たやす》くやってのけるでしょうね。

放っておいても、アルビオン王国に近いうちに動乱が起きるのは間違いないわ。

悔やむべきは、この情報を本国に……お父様の元に持ち帰れないことよ。

「えっ？　違うぞ。俺の目的はセルヴィアと幸せな人生を送ることだからな。王になったら、やるべき仕事が多すぎて自由が減るじゃないか」

「へ……っ？」

「例えば、今日は釣りに行きたい気分だと思ったら、セルヴィアと一緒に、ふらっと釣りに出かけたり。うまい料理が食べたいと思ったら、セルヴィアと一緒に舌鼓を打つ。最推しのセルヴィアとのなんの不安もない、そんな自由気ままな暮らしこそ俺の望みなんだ」

カインはなにやら子供のように熱っぽく語った。

えっ、なに？　これが彼の本心なの？

「あなたは【世界樹の聖女】の力を使って、王となることを目論《もくろ》んでいるのではないの？」

「ああっ、アンジェラを誘い出すためのハッタリで、そんなことを言ってしまったから誤解したんだな？　セルヴィアをそんなくだらないことに利用するわけがないだろう」

カインは肩を竦《すく》めた。


そ、それはつまり、愛する人と慎《つつ》ましやかに暮らしたいという、そんなささやかな望みが、カインが命を賭ける理由だということ？

まるで、おとぎ話に登場する理想の英雄そのものじゃない。

くっ、うらやましい。

カインほどの男にここまで強く想われているセルヴィアを、ちょっと妬ましく思ってしまった。

「それでアンジェラには、俺と奴隷契約を結んでもらいたいんだが……あっ!? ええっと、セルヴィアにも誤解されてしまったんだけど、エロいことしようとか、そういう変な考えは一切ないから、安心してくれ!」

「はい……?」

なぜかカインはしどろもどろになりながら、まくしたてた。

「俺はアンジェラにも幸せになってもらいたいからな。それに、浮気は絶対にしないって決めているんだ」

ふーん？　よくわからないけど……紳士なのね。

だけど、何を言われても私の答えは最初から決まっているわ。

「あいにくだけど、お断りよ。もし、私を通してアトラス帝国の後ろ盾を得たいなんて考えているのなら、お門違いも良いとこだわ」

私はカインを睨みつけた。

「さあ、早く私を殺しなさい！　覚悟はできているわ」

お父様の命令に従って、たくさんの命を奪ってきたんですもの。

今更、自分だけ助かろうとなんて、虫の良いことは考えていないわ。それが戦の掟。

とうとう、私の番がやってきたということね。

私は自嘲した。

「……そうか、わかった。アンジェラの父親、皇帝ジークフリートの望みは、アルビオン王国の領土だよな？」

カインは急に真顔になって告げた。

「だったら、国境付近の領地、シュバルツ、フェルナンド、オーチバルの3家が、こぞって帝国に寝返るとしたら、どうだ？　この条件と引き換えに俺と奴隷契約を結んでくれないか？」

「えっ、そ、それは……」

私にとって、何より帝国にとって破格の申し出だわ。

「一滴の血も流すことなく、これら3家が手に入れられるぞ。しかもシュバルツ伯爵領には、ミスリル鉱山がある。これが嘘じゃないことは、俺の兵団が全員ミスリルの剣を装備していたことからもわかるだろう？」

「ミ、ミスリル鉱山！」

私は思わず生唾を飲み込んだ。

信憑《しんぴょう》性の高い話だわ。

なぜなら、シュバルツ伯爵領から良質なミスリル鉱石が帝国内に流れてきていると、噂になっていたからよ。

「俺が声をかければ、３家は必ずアトラス帝国に寝返る。そして、この手柄はアンジェラのモノになるんだ」

「そっ、それはとても魅力的なお話ね」

私は内心の動揺を隠すのに必死だった。

確かにこれを私が成したとなれば、大手柄だわ。

たとえ奴隷にされるにしても、死ぬよりマシな選択に思えた。

むしろ、よくやったと、お父様も私を褒めてくださるでしょう。

「……でも、うまい話には裏があるものよ。あなたとうかつに奴隷契約など結んだら最後。今の話をすべて反故《ほご》にされて、死ぬまで働かせられる、なんてことになるのではなくて？」

私は鼻を鳴らしてカインの話を突っぱねた。

最悪、私はカインの手駒として、帝国と――お父様と戦わされる未来だってあり得るわ。

「わかった。じゃあこれが、アンジェラに署名してほしい【奴隷契約のスクロール】だ」

私は提示された【奴隷契約のスクロール】の文面を見て、唖然とした。

『①カインは、シュバルツ、フェルナンド、オーチバルの３家を寝返らせることを約束する。

②その対価として、アンジェラはカインの奴隷となることを誓う。

①が反故にされた場合、あるいはアンジェラの家族を害するような命令がされた場合、②の契約は無効化される』

「えっ、え～と……どういうことかしら？　話が見えないというか、理解が追いつかないのだけど？」

私は【奴隷契約のスクロール】を何度も読み返して、混乱状態に陥っていた。

これは私にとって有利すぎる条件だわ。

私が最も恐れること。

『皇帝ジークフリートを暗殺せよ』

などといった命令が、無効化される内容になっていた。

「俺は半年後の武術大会で優勝した褒美として、レオン王子にセルヴィアとの結婚の許しを求める。だけど、その後、セルヴィアが真の聖女であったとレオン王子が知れば、あいつは多分これを反故にしてくるだろう？」

「それは……そうでしょうね」

レオン王子の人となりからして、そのような行動に出る可能性は高いと思うわ。

家臣も民も、駒としか思っていない男ですものね。

「その瞬間、アトラス帝国への3家の寝返りの大義名分が発生する。つまり、皇帝ジークフリートは、横暴なるレオン王子への振る舞いを見るに見かねて、俺たちを庇護するべく手を差し伸べてくれたというシナリオだな」

「な、なるほど……」

私は舌を巻いた。

帝国の事情も考慮したみごとな計略だわ。

まったく、王国も帝国も手玉に取ろうだなんて、たいした男ね。

「まさかレオン王子も俺たち３家に加えてアトラス帝国まで敵に回したいとは思わないだろう。つまり、戦わずして３家が手に入るということだな」

「いいわ。その計略に乗ったわ。あなたの奴隷になってあげる！」

「よし」

カインは私の両手の拘束を解いた。

私は【奴隷契約のスクロール】にペンを走らせる。

生きて帰れる上に、こんな大手柄を立てられるなんて。願ってもないことだわ。

ふふっ、カイン、あなたは確かに傑物だわ。

だけど、私のお父様を知らなさすぎたわね。

帝国に庇護など求めたら、あなたは機を見て暗殺され、あなたの大事な聖女様は、お父様に奪われてしまうでしょうに……

そして、私は晴れて自由の身となれる。

ふん。せいぜい、つかの間の勝利を味わうと良いわ。

最後に勝つのは、私たちアトラス帝国よ。

私がほくそ笑んだ瞬間だった。

「よし、じゃあ、アンジェラ。今後、アルビオン王国への攻撃は一切禁止だ。アンジェラが俺の許可なく本国に戻ること、俺たちから知り得た情報を誰かに伝えることも禁止だぞ。これから、仲間としてよろしくな！」

「えっ……？」

私は全身から血の気が引くのを感じた。

もう奴隷契約は結ばれてしまった。

「そ、それじゃ、お父様とこの密約の話をすることができないじゃない？」

「もちろん、セルヴィアが【世界樹の聖女】だと伝えることもできないな。さらに3家を寝返らせると書いてあるが、帝国に寝返らせるとは書いていない」

「だ、騙したわね！　よくも、この私をぉおおおッ!?」

そこで、私はようやく気づいた。

奴隷契約の文書は、一見、私に有利なように思えて、実は帝国の領土拡大の約束など、されていなかった。

カインは、いずれレオン王子と戦うつもりでいるのだから、3家が王国からカインの勢力に

寝返るのは、当然なのよ。

「これはアンジェラが仕掛けてきた戦争だろ？　何を生温《なまぬる》いことを言っているんだ？　戦争じゃ騙される方が悪い。違うか？」

「くぅううぅッ！」

私は唇を噛んだ。

この私が、ま、まさか、奴隷にされるなんて。

最初に見せたアホみたいな言動もすべて私を油断させるための布石……？

な、なんて恐ろしい男なの！

「もちろん、自殺することも許さない。アンジェラのお母さんは、アンジェラにずっと会いたがっているんだぞ。お母さんに会わずに死んでも良いのか？」

「えっ……あれは詭弁《きべん》ではなく、本気で言っていたの？」

私は呆気に取られた。

お母様は私を捨てて姿を消し、その後、亡くなったとお父様に聞かされていたわ。

もし、生きていらっしゃるなら、もちろん会いたい。

「当然だ。俺はアンジェラに幸せになってもらいたいと言っただろう？」

その一言に、私の心臓がどきりと高鳴った。

「……意味がわからないわ。なぜカインは敵である私に、良くしてくれるの？」

「それは、アンジェラが根っからの悪人じゃないからだ。父親の命令で、父親に好かれたくて、王国を攻撃していたんだろ？　そんな父親より、アンジェラのことを本当に愛しているお母さんと、一緒に暮らしてほしいんだ」

「なっ……」

なんていう、お人好《ひとよ》し。私が悪人じゃないですって？

私を奴隷にしたのなら、好きに命令して使い潰せば良いじゃない。お母様に会わせてくれる必要なんて、1ミリもないわ。

一体、なんなの、この男は……わけがわからないわ。こんな男に出会ったのは、初めてよ。

私はカインに強烈に惹《ひ》かれるのを感じた。

言いなりになるのはしゃくだし、奴隷契約は白紙に戻したいけど……多少は力になってあげても良いかもね。

「い、いいわ！　あなたの奴隷になってあげようじゃない。せいぜいこの私をうまく使いこなしてみせることね！」

6章　レオン王子の謀略を挫く

ふう～っ、なんとかアンジェラに奴隷契約を結ばせることができたな。

これでアンジェラが破滅する未来は回避できたはずだ。

アンジェラが尽くしてきた父親に無能呼ばわりされて処刑されるシーンは、ゲームでも屈指のトラウマイベントで、全俺が泣いた。

だけど、元凶である父親から引き離して、俺の手元に置いてしまえば、もう安心だ。

もうアンジェラには、罪のない人間を殺すような悪事には絶対に加担させない。これから真っ当な道を歩ませれば、きっと悪の大幹部に育つことはないだろう。

「じゃあ、アンジェラ。王国に潜伏しているアトラス帝国の残りの工作員を全員捕らえて、俺の前に連れてきてくれ」

俺はアンジェラに最初の命令を与えると、今度は捕らえてあるレオン王子からの刺客のところに行くことにした。

刺客たちの大半は俺に寝返り、奴隷契約を済ませてある。

俺に協力的な者については生かして使うことにし、昨日の時点で、王国内の各地域に放った。未だに【奴隷契約のスクロール】に署名しない強情な者も、アンデッドにされたいのか？と脅せば、首を縦に振るだろう。

さっそくコイツらを使って、レオン王子に反撃開始とするか……

「カイン！　私の家族を害するような命令がされたと、私は解釈したわ！　これで奴隷契約は無効よね!?」

「はあっ？」

アンジェラが何を思ったのか、俺の腕にしがみついてきた。

「アトラス帝国の工作員を捕らえろってことは、それを放った皇帝への……お父様への攻撃よ！　それと、お母様の居場所を知っているというなら、もったいつけずに今すぐ教えてちょうだい！」

「あ、あのな……お前のは解釈じゃなくて、こじつけと言うんだ。それに俺にはまだやることがあるから、ちょっと待っていてくれ。お母さんのところには必ず連れていってやるから」

「ぐぅうううウッ！」

アンジェラは悔しそうに唇を嚙んだ。

「わ、わかったわ。やってやるわよ！　くぅううっ！　これで私は完全に帝国の裏切り者だわ！　いきなりなんてこと、命令してくれるの!?」

半泣きに近い状態で、稀代《きたい》の死霊使いは叫んだ。

その姿は、年相応の少女にしか見えず微笑ましい。

「それは大丈夫だ。アトラス帝国の工作員は、全員、奴隷契約を結んで解放するから。アンジェラがいきなり裏切り者呼ばわりされることはないと思うぞ」

「はぁ……？　それって、まさか二重スパイを作るつもりなの!?」

「さすが、よく気づいたな。これでアトラス帝国の内情を詳しく知ることができる」

ゲームでも戦争パートで勝つためには、事前の情報収集が必要だった。

このためのスパイを作って送り込むことにしたのだ。アトラス帝国の脅威にも、備えておく必要がある。


「アトラス帝国に送り込むスパイには、『カイン・シュバルツに謀反の兆し有り。アンジェラ皇女はカインに取り入って、これを手助けするよし』と皇帝に伝えてもらう。これならアンジェラが、すぐに廃されることはないだろう？」

アンジェラの皇女という身分は、いざという時かなり使えるので、維持しておきたかった。

「ぐうううッ！　ここまでいくつもの手を同時に打つなんて！　あなた、一体どこでこれだけの軍略を学んだの!?」

さすがにゲームだとは言えないので、黙っておく。

敵を倒して捕まえて、奴隷にして利用するのが、このゲームの必勝法だ。

故に、『皇帝より鬼畜な正義の勇者（笑）』と、ネットではネタにされていた。

その時、アンジェラのお腹の虫が、くぅとかわいらしく鳴いた。

彼女は耳まで赤面する。

「とりあえず腹が減ったし、一緒にご飯を食べないか？　アンジェラの口に合うかはわからないけど、燻製《くんせい》肉とチーズ、かたいパンならあるぞ」

「それは良いわね……って待ちなさい！　その前に、私の質問に答えるのよ！」

アンジェラはがなり立てながら、俺についてきた。

皇女である彼女は、質問すれば必ず答えが返ってくると、思っているらしい。

傲慢なヤツだが、そこがイイ！　と思う。

ゲームでも登場時には大物感を出していたのに、勇者に負けまくって涙目になっているアンジェラが良かった。

「おお、カイン殿、ただいま王宮より戻りましたぞ！」

天幕の外に出ると、朗らかな顔をしたエドワード殿が駆け寄ってきた。

「宰相殿はアンデッド軍団討伐を大変喜ばれ、多大な褒美をくださいました。これはすべて、カイン殿のものです」

エドワード殿は俺の前にひざまずいて、背後を見やる。

すると、金銀財宝を重そうに抱えた兵たちが、続々とやってきた。

「いえ、これはエドワード殿に与えられた褒美なのですから、俺がもらうわけにはいきません。フェルナンド子爵領の発展のために役立ててください」

「なにをおっしゃられますか!? こたびの勝利は、すべてカイン殿のご活躍のおかげです。宰相殿から、私は【不死殺《ふしごろ》しの英雄《えいゆう》】などと讃《たた》えられて、なんとも居心地が悪うございました。これは本来なら、カイン殿が受けるべき名誉と褒美ですぞ！」

「俺ひとりで勝ったのではありません。セルヴィアの活躍も目覚ましかったですし、ランスロットやゴードン、シュバルツ兵団のみんな。エドワード殿の援軍にも助けられました。俺たち全員で摑み取った勝利じゃないですか？」

俺は困り果てて頰を搔いた。

これでセルヴィアは英雄の娘となった。もうセルヴィアを偽聖女などと罵倒する者はいなくなるだろう。

レオン王子も、救国の英雄であるフェルナンド子爵家には手出ししにくくなったはずだ。

俺にとっては、それが最大の報酬だな。

「ご謙遜を！　カイン殿が敵総大将のアトラス帝国の皇女を一騎打ちで倒した時は、あまりの興奮で魂が震えましたぞ！　これが帝国の奸計《かんけい》であることまで、見抜かれていたとは！　このフェルナンド子爵エドワード、感服いたしました！」

「ふんっ。それは、ごあいさつね……」

アンジェラが、俺の背後から不機嫌そうな顔を見せると、エドワード殿はびっくり仰天した。

「あっ、いや。失礼つかまつりました。あなた様は……ッ！」

「改めまして、私はアンジェラ・アトラス。【死霊騎士団】の主にして、アトラス帝国の第3皇女……ですが、今はカイン様を主と仰ぐ者よ。どうぞ、お見知りおきくださいな」

アンジェラが気品のある所作で一礼する。

「なんと!? で、では、やはりカイン殿はアンジェラ皇女を奴隷に？」

「はい。アンジェラの力は、俺の切り札となりますので。宰相殿には、今回の騒動は自然発生したアンデッド災害であって、アトラス帝国の関与はないとの旨、説明していただけましたか？」

「はっ。それはもちろんでございます！」

まるで主君に対するかのようにエドワード殿は、うやうやしく返事した。

アンジェラが俺の陣営に加わったことは、秘密にしておきたかったので、病気の国王に代わって政務を取り仕切っている宰相には嘘の報告をしておいた。

「クスッ。カイン様ほどの殿方に、お前が欲しいと、あれほどまで情熱的に求められては、拒むことなどできませんわ。改めてまして、このアンジェラ・アトラス。カイン・シュバルツ様に身も心も捧げることをお誓いいたしますわ」

アンジェラは何を思ったのか、甘えるように身体を擦り寄せてきた。

ちょっ、な、なぜ胸を押しつけようとしてくるんだ？　何を考えて……。

「……カイン兄様、どういうことでしょうか？」

「あっ、セルヴィア。いや、これは違うんだ!?」

セルヴィアが肩を怒らせて歩み寄ってきたのは、その時だった。

「お、おいアンジェラ、仕返しにしてはタチが悪いぞ！」

「俺はアンジェラを幸せにしたいと、そうおっしゃってくださったこと、生涯忘れませんわ。式はいつ、どこであげましょうか？」

「い、いや、待て！　確かに言ったけど、別にプロポーズじゃない！」

俺はアンジェラを引き剝がそうとするが、彼女は強引にしがみつこうとしてくる。

「ええっ、そうですわよね。私の身体を拘束した上で、アンジェラが欲しい、俺の奴隷になれと、何度も強引に迫られたのですよね？」

「おおっ……」

周囲から、どよめきが上がった。

「ちょ!?　お前、なんて人聞きの悪いことを!?　本当のことを話せ！」

「真実ですわ！」

俺はアンジェラと押し合いへし合いする。

「カイン兄様、私という者がありながら……」

ボワッと、セルヴィアの周囲に炎が散った。

「兄様の婚約者は、私です！　私たちは、服を脱いで、お互いの身体を洗いっこするほどの仲なんですよ！」

「な、なんていうことを言うんだ。セルヴィア!?」

お義父《とう》さんもいる前で、赤面ものなので勘弁してほしい。

「それればかりではありません。カイン兄様は私の身体を縛って、『お前は一生俺のものだセルヴィア！』と叫んで鞭打つフリをする、虐待ごっこをするほど、私を愛してくださっているんです。兄様に身体の自由を奪われたくらいで、いい気にならないでください！」

「ぎゃあああ!?　公開処刑はやめてくれッ！」

俺は大慌てで、セルヴィアの口を手で塞いだ。

「むが、むが……！」

「……な、なるほど、そんなマニアックな遊びをするほど、深い仲なのね。ちょっと驚いてしまったわ」

アンジェラは目をパチクリさせていた。

「ですがセルヴィア様、私はカイン様より、ふたりっきりで食事に誘われていますの。ここは黙って退《ひ》いてくださらない？」

アンジェラが俺の右腕を摑んで、しなだれかかってくる。

花のような良い香りが鼻腔《びこう》をくすぐり、思わず心臓が大きく高鳴った。

「まっ、まさか兄様とデートを……!?」

「いや、別にふたりっきりと限定したわけじゃないから！　アンジェラがお腹が空かしていたみたいだから、食事をとらないかと誘っただけで！」

「でしたら、私もご一緒します。カイン兄様、今夜、また身体の洗いっこをしましょう」

セルヴィアもアンジェラに対抗するように、俺の左腕を掴んでしなだれかかってきた。

しかも、セルヴィアも俺の腕に、胸をグイグイと押しつけてくる。

そんなことは、今までされたことがなかった。ちょ、ちょっと大胆すぎないか？　というより、セルヴィアからのアプローチが徐々に過激になってきている気がする。

「身体の洗いっこは、か、かんべん！」

「そのようなことは、下女の役目よ。カイン様の婚約者にして聖女たるお方のなさることとは、思えませんわ」

「むっ……これは夫婦としての営みです。そうですよね、兄様？」

両手に花の状態だが、セルヴィアとアンジェラはバチバチと視線で火花を散らしていて、針のむしろだ。

「……いや、こ、これは。セルヴィアとカイン殿が、いかに仲睦まじいか知ることができて、安心いたしましたぞ」

エドワード殿が、朗らかに笑った。

「しかし、アンジェラ皇女殿下。ここは陣中にて、殿下のお口に合うような料理をご提供することも、おくつろぎいただけるようなお部屋をご用意することもできませぬ。よろしければ、私が王都のそれなりの格式のある店にご案内いたしますが、いかがでしょうか？」

「お父様、グッジョブです」

セルヴィアが親指を立てた。

なんと、今回もエドワード殿の援軍に助けられてしまった。

「ふふっ。お気遣い感謝いたしますわ、フェルナンド子爵様。ですが、ご心配には及びません。アトラス帝国の皇族たる者、いついかなる時も気品を持って優雅たれ、がお父様の教えですの」

アンジェラは俺から離れて、指を鳴らす。

「おいでなさい、【死霊騎士団】！」

「「はっ」」

アンジェラの周囲に、いくつもの人影が浮かんだ。それは彼女に対して、跪拝《きはい》する凛々《りり》しくも穢れたアンデッド騎士たちとなった。

「なにぃいいい!?　デュラハンだとッ!?」

兵たちから悲鳴が上がった。

死霊騎士団は、豪奢《ごうしゃ》な丸テーブルと椅子を伴って現れ、それをその場にテキパキと設置する。

「姫様、本日の紅茶はベルガンド地方産の茶葉を使用したアールグレイでございます」

「ありがとう、セバス。ううーん、このベルガモットの香りが、心地良いわ」

アンジェラが椅子に腰掛けると、アンデッドの執事がティーポットから紅茶を注ぐ。まるでここだけ、王宮のティーパーティー会場のような格式の高い空間と化した。

「皆の者、今日よりカイン様が、我らの支配者よ。カイン様のことは、マイ・ロードと呼んで、敬いなさい」

「はっ、姫様！」

「これより、忠誠を誓います。マイ・ロード！」

死霊騎士団が、剣を掲げた最敬礼を俺にしてきた。

どういうリアクションを返せば良いのか、困って固まってしまう。

「て、敵地でも、こんな豪華な暮らしをしているのか、アンジェラ？」

「当然よ。死霊騎士団には、他にも私の衣装係や、メイク担当もいるわ。いついかなる時も、皇女にふさわしい気品と風格を保っていなければ、お父様の顔に泥を塗ってしまいますもの。お客様をおもてなしするための茶葉は常に用意し、たとえ戦場にあってもドレスや靴にひとつの汚れもなく、優雅さを保つ。それが、私の信念よ」

俺たちは、ただただ呆気に取られて立ち尽くした。

アンジェラはゲームでは敵キャラだったので、その私生活までは知らなかった。

「……というわけで、お気遣いはご無用よ、フェルナンド子爵様。この場は、アトラス帝国の皇女にふさわしい品格を備えるにいたったわ」

「は、はぁ……」

まるで家臣に指図するかのように、アンジェラはエドワード殿に、手で下がって良いと促した。

こんな偉そうな奴隷は、見たことがない。

「さっ、カイン様、私の向かいに座ってくださいな。セルヴィア様は、ごめんなさい。席はふたつしかありませんの」

「えっ？」

こ、こんな豪華なテーブルで、陣中食のカチカチのパンとか食べるのか？

ドス黒い瘴気を放つ死霊騎士団に見守られていると、正直、かなり落ち着かない。

「ヒャッハー！　やったぜぇえええッ！　俺様も勝利の立役者として、宰相からめちゃくちゃ褒められたぜぇえええッ！」

そこに空気の読めない男——ゴードンが誇らしげにやってきた。

ありがとうゴードン、助かったぞ。

「しかも、うひゃぁあああッ！　カワイイ貴族令嬢たちからも、アンデッドの大軍に立ち向かうなんて、かっこいいですわ！　素敵ですわ！　とモテまくり！　とうとう俺様の時代が来たぜぇえええッ！」

俺はアンジェラを無視して、ゴードンに語りかけた。

「ゴードン、明日、王宮でレオン王子も参加する戦勝パーティが開かれるんだろう？　そこでセルヴィアは【不死殺しの英雄】の娘、もう偽聖女と言うべきではないという話を、思い切り広めてきてくれ」

「カイン兄様！」

セルヴィアが感激した声を上げる。

「はっ！　わかりました。俺様は勝利の立役者！　ヒャハハハハッ！　思い切り自慢しまくってくるぜぇえええッ！　いえーい！」

「我が娘、セルヴィアのために心を砕いてくださり、ありがとうございます、カイン殿！」

エドワード殿が俺にひざまずいて臣下の礼を取った。

「改めまして、フェルナンド子爵エドワード。カイン殿を盟主として、従うことをお誓いします。カイン殿が戦をする際は、たとえ敵が王国軍であろうと、アトラス帝国軍であろうと馳せ参じ、お力になる所存！」

「俺様もカイン様に一生ついていきます！　俺様が生涯、主君として仰ぐのはカイン様だけだぜ！　オーチバル伯爵家も好きに使ってくださぃ！」

ゴードンもエドワード殿に倣って、ひざまずいた。

「ああっ！　カイン兄様は、事実上、フェルナンド、オーチバルを従えた3家同盟の盟主となられたわけですね。すばらしいです」

セルヴィアが感激して手を叩く。

この3家が手を組むとなれば、王国も帝国も無視できない勢力となるだろう。

「……父上を差し置いて、おかしな気もしますが。わかりました3家同盟の盟主、お引き受けします」

俺はみんなを見渡して告げた。

この時の俺は、まったく自覚がなかったが、ここにやがて歴史に名を刻む3家同盟が誕生したのだ。

「あら？　カイン様？　私とのお食事は……？」

ガン無視されたアンジェラは、紅茶を片手に固まっていた。

◇◇◇レオン王子視点◇◇◇

「一体どういうことだ？　なぜフェルナンドが【不死殺しの英雄】などと、もてはやされておるのだ!?」

余が愛人の邸宅で愛を語らうことにいそしんでいると、急遽《きゅうきょ》、宰相より無粋な呼び出しがかかった。

なんと王都を脅かしていた1万5千のアンデッド軍団が、フェルナンド子爵軍によって、倒されてしまったというのだ。

フェルナンドの不様な死を心待ちにしていた余にとって、予想外としか言いようのない事態だった。

王宮ですぐさま盛大な戦勝パーティが開かれることとなり、余は困惑しながらも参加せざるを得なくなった。

「アヒャヒャヒャ！　レオン王子、まことにめでたいですな！　我らオーチバル、フェルナンド連合軍によって、アンデッドどもは全滅！　全滅いたしましたぞぉおおおッ！」

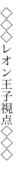

余がパーティ会場に入ると、すっかり主役面したバカ——オーチバル伯爵家のゴードンが話しかけてきた。

「き、貴様！　密約を忘れたか!?　余はフェルナンドには力を貸してはならぬと……！」

余の怒りは一気に頂点に達する。

ここがめでたい席でなければ、無礼討ちにしていたところだ。

「密約？　なんのことですかなぁ？　ああっ、セルヴィアに振られた腹いせをしたいというお話でしたか？　ブヒャヒャヒャ！」

「余を愚弄する気か!?　許せん！　近衛騎士団、この者を摘み出せ！」

ゴードンは調子に乗って、口にしてはならないことを口にした。

こんなバカが100騎あまりを連れて単身、フェルナンドの援軍に駆けつけ、アンデッド討伐に大きく貢献したとは信じがたい。

「レオン王子、時代は変わったんです。もうあなたなど、怖くはありません！　アヒャヤヒャヒャヤ！　あっ、この酒、うま〜い！」

「なんだと？　ど、どういう意味だ!?」

「これはレオン王子殿下ではございませんか！　お久しぶりでございます。近衛騎士団を呼ぶとは穏やかではありませんな？」

余がゴードンを問い詰めようとすると、フェルナンド子爵エドワードが、にこやかな笑みを浮かべてやってきた。

「宰相殿より、今宵は無礼講とのお触れが出ております。酒も入っております故、多少のことについては、どうかご容赦くださいませ」

「フェルナンド子爵か!? こ、この度のアンデッド討伐、誠に見事であった。貴公を討伐軍の指揮官に任命した余の目に狂いはなかったな!」

余は大げさにエドワードを称賛してやる。

無礼講だと？ 余の面目を潰しおって、無礼にもほどがあるだろう！

だが、戦勝パーティの主役にこう言われては、他の貴族たちの手前、矛を収めざるを得なかった。

「はっ！ 身に余る光栄に存じます。しかし、実は、妙な噂を耳にいたしましてな」

「妙な噂だと……？」

「こちらのゴードン殿から伺ったのですが、実は、王子殿下が私にアンデッド討伐を命じられたのは、我が娘、セルヴィアに袖にされた意趣返しであったと……」

「な、なにぃ!? 貴公、無礼であるぞ！ セルヴィアは聖女などと、王家を謀ったが故に婚約破棄してやったのだ！ なぜ余が、そのようなことをせねばならん!?」

余は思わず激高した。

コヤツ、余にケンカを売っておるのか？

「はっ。まことに、その通りでございます。しかし、この噂は貴族の間で、かなり広まっているようでございますぞ」

「な、なに……？」

エドワードが声をひそめて告げた。

これについては、心当たりがあるというか、余が自らフェルナンド子爵に力を貸してはならんと、貴族たちに触れ回ったのだ。

余がセルヴィアに執着していたことを知る者がいれば、これがセルヴィアへの仕返しであると勘づくやも知れぬ。

まさに、ゴードンがそうしてきたようにな。

「恐れながら。この噂が広がっているのは、王子殿下が教会によって一度は聖女と認定されたセルヴィアを、未だに偽聖女と呼んでいらっしゃることも関係していると思われます。悪いことに、教会側からは、教会の権威の失墜を狙ったプロパガンダと受け取られているようでございますぞ」

「【不死殺しの英雄】エドワード殿の娘を、今後もそのような蔑称で呼び続ければ、いよいよこの噂は、信憑性を帯びてしまうでしょうな、アヒャヒャヒャ！」

「くっ……！」

ゴードンがワインを飲み干しながら、余を小馬鹿にしたように笑う。

次期国王である余にこうまで強く出るとは、コヤツら、何か強力な後ろ盾でも得たのか？

……いずれにしろ、今や英雄として称賛されるコヤツらを無礼だからと断罪することは難しい。

悔しいがコヤツらの言う通り、今後、セルヴィアへの攻撃は控えた方が良いだろう。

このままでは、余は貴族どもの物笑いの種となる。教会との関係の悪化もマズイ。

だが、エドワード、それにゴードン。

余をコケにしてくれたことだけは、絶対に許さんぞ。

「き、気分が悪い！　余は部屋に戻る！」

「お待ちください！　王太子であるお兄様がいなくなられては、戦勝パーティが台なしではありませんか!?」

15歳の妹リディアが、不遜にも引き留めようとしてきた。

「ならお前が、代わりに愛想を振りまいておれ！　帝国との政略結婚の道具風情が、余に意見するとはおこがましい！」

「お兄様!?」

病床の父上が、アトラス帝国との友好関係のために、妹と第1皇子との縁談を進めていた。

だが、余はアトラス帝国など恐れてはおらぬ。

世界を救うとされる【世界樹の聖女】を手に入れられれば、アトラス帝国を打倒することなど、たやすいのだ。

聖女の力が真に覚醒すれば、かの国に大凶作をもたらして、飢餓に沈めることができるのだからな。そして、余は世界の覇者となるのだ。

「おのれ、早急に【世界樹の聖女】を捜し出さねば！　まだ聖女は見つからぬのか!?」

苛立《いらだ》たしく踵《きびす》を返《かえ》した余に、護衛の近衛騎士たちが付き従う。

「はっ！　恐れながら！」

「口惜《くや》しい！　それと、今すぐ雇った暗殺者どもを動かせ！　早急にエドワードとゴードンの息の根を止めるのだ！」

今回の計画で、エドワードを確実に亡き者にするため、事前に暗殺者を放っておいた。

酒に酔った帰り道を襲撃すれば、あのふたりを確実に始末できるだろう。

余に逆らったらどうなるか、思い知らせてやるのだ。

「いや、待て……暗殺者どもには、フェルナンド子爵軍の陣を見張らせていたな。ヤツらがいかにして勝利したのか？　詳細を聞き出してからの方が良いな」

たった1100の兵力で、1万5千のアンデッドの大軍を滅ぼすなど、まず不可能だ。

もしかすると、誰か強力な助っ人がいたのやも知れぬ。だとすれば、あのふたりのあまりに強気な態度も頷けた。

「それには、及びません。レオン王子殿下」

余の思考は、突如、道をふさいだ黒ずくめの男たちによって遮られた。

「余の道を阻むとは、無礼な！　いや、貴様らは……」

その者どもの顔には、見覚えがあった。

余がフェルナンド子爵を始末すべく雇った暗殺者どもだ。

「ふん！　ちょうど良かった。貴様ら、仕事であるぞ」

「……殿下、お下がりを！」

近衛騎士が余を引き倒すのと、暗殺者たちがナイフを投げるのとは同時だった。

余の頰をナイフがかすめて、鋭い痛みが走る。

「なっ⁉」

「貴様ら、血迷ったか⁉」

激怒した近衛騎士が、剣を抜いて暗殺者のひとりを叩き斬った。

「かかれ！　レオン王子を始末するのだ！」

「王子を殺さねば、我らは破滅だぞ！」

暗殺者どもが、一斉におどりかかってきた。

「殿下をお守りしろ！」

近衛騎士団と暗殺者が、死闘を開始するが、余はそれどころではなかった。頰に受けた傷が、ジクジクと耐えがたい痛みを発していたのだ。

「こ、これはまさか？　毒ぅううッ!?」

手鏡を取り出して顔を確認すると、余の顔が醜く腫れ上がっていた。

「あっ、あああああっ!?　余の余の美しい顔が!?」

数々の貴族令嬢と浮名を流した自慢の美貌が、見るも無惨に崩れていた。

しかも、痛みはドンドン強くなり、余は床を転げ回る。

「痛い、痛い！　貴様ら、余を、余を助けろぉおおおッ!?」

「で、殿下ぁあああッ!?」

毒が頭に巡ったためか、次の瞬間、余の意識はぷっつりと途絶えた。

☆☆☆

「これが、これが余の顔だとぉおおおッ!?　治療だ！　なんとしても治療せよ！」

余はなんとか一命を取り留めたが……

治療の甲斐《かい》なく、顔面は赤く醜く腫れ上がったままとなった。

「殿下！　あのナイフには回復魔法を阻害する強力な呪いが仕込まれておりました。これを完全に治療できるほどの回復魔法の使い手は、恐れながら宮廷内にはおらず……っ！　それこそ、光魔法の使い手たる勇者でもなければ！」

「なんだと!?　無能どもが!?」

余は報告してきた近衛騎士をぶん殴った。

まさか、フェルナンドを始末するために用意した暗殺用武器が、余を地獄に突き落とすことになるとは……。

勇者はレベルが低いうちは、ふつうの人間とさほど変わらず、数々の冒険を経てレベルが上がると、この世界で唯一の光魔法の使い手となる。

勇者とは人間を滅ぼす魔王に対抗する存在であり、魔王の出現と時を同じくして現れる。

魔物災害の増加は、魔王復活の兆しと噂されていたが、肝心の勇者は現れてもいなかった。

余は醜くなった顔を両手で覆って、絶望の淵《ふち》に沈んだ。

「一体、余が何をしたというのだぁああああッ!?」

◇◇◇ゴードン視点◇◇◇

「アヒャヒャヒャヒャ！　あのレオン王子に言いたい放題言ってやったぜ！」

俺様は戦勝パーティで、この世の春を謳歌《おうか》していた。

酒と料理はうまいし、貴族令嬢はカワイイし、みんなから英雄ゴードン様と褒めたたえられて、めちゃくちゃ気分が良いぜぇえええ！

「ゴードン様、この度は、王国の危機を救ってくださり、誠にありがとうございました。病の父王に代わりまして、このリディア・アルビオン、厚くお礼を申し上げます」

「おっ！」

俺様の前にやってきて、上品に腰を折ったのは、リディア王女だった。

凜々しくも可憐な容姿に、不釣り合いなデカい胸が、実にイイ！　エリスも巨乳だが、リディア王女もそれに負けず劣らず巨乳で、俺様の目はその谷間にロックオンだった。

ぶは、鼻血が出そう。

「ゴードン様は、弱き民がアンデッドに殺戮される悲劇を見過ごせず、フェルナンド子爵への援軍に立たれたのですよね？　兵たちが噂しておりました！　なんと勇敢なお方、まさに貴族の中の貴族。あなた様のような若き英雄こそ、我が王国に必要なのです」

「それは……ウヒャヒャヒャ！　その通り！　俺様てば、超勇敢なんです！」

思わずデレっとして、俺様はうんうん頷いた。

「お兄様が私怨からフェルナンド子爵を陥れようとしたこと、わたくしも存じ上げております。その中で、唯一、お兄様に背き、民のために命を賭してくださった、あなた様のことを心から尊敬いたします」

リディア王女は、その白魚のような右手を差し出した。

「今、わたくしは急増する魔物被害と、アトラス帝国の脅威に対抗するため、私を指揮官とした騎士団【王女近衛騎士団《プリンセスガード》】を設立しようとしています。あなた様には、その副団長になっていただきたいのですが、いかがでしょうか？　どうか、無力なわたくしを……いえ、この国の弱き民たちを助けてください！」

「アヒャ！　喜んで！」

思わずリディア王女の手を取って、忠誠の誓いであるキスをしたくなったが、俺様は寸前のところで思い留まった。

待て待て。そんな立場になったら、アレだろう？

今回の遠征のような恐ろしい戦いを、死ぬほど繰り返すってことじゃないか？

アンジェラ皇女とか、マジで化け物すぎて、俺様はビビって、おしっこ漏らしそうになった。

俺様はもう、そんな危険な目にあうのは、絶対にごめんなのだ。

おーっと、危ない危ない。

相手が巨乳美少女だったから、危うく雰囲気に流されて、トンデモナイことになるところだったぜ。

「残念ですが、お断りします！」

「な、なぜですか？」

リディア王女は、心底意外そうに目を瞬いた。

「今、この国がいかに危機的な状況にあるかは、ゴードン様が一番ご存じのはず……！」

リディア王女は憂い顔もかわいくて、俺様はちょっと心がぐらつくが……頭脳派である俺様は副騎士団長よりも、裏で暗躍する参謀向きなのだ。

そこんとこ勘違いしてもらっちゃ困るぜ。

「アヒャ。ここでは、人目につくので、バルコニーに出ましょうかリディア王女？」

「はい、喜んで。ここにはお兄様の手の者もおりますからね」

およ？　ここで、頭の良い俺様はピンと来た。

「リディア王女は、レオン王子と仲がよろしくない感じですか？」

「……わたくしの【王女近衛騎士団】の設立に、お兄様は反対なのです。女が出しゃばるなと。わたくしとて、剣くらい扱えますのに」

リディア王女は、凛《りん》とした気高い口調で続けた。

「お兄様は国政を宰相に任せて、遊《あそ》び呆けております。アトラス帝国への対抗策は、【世界樹の聖女】を捜し出して利用することだけ。王太子たるお方が、そのようなことでは、王国の行く末は、暗いとしか言えません。ここは、わたくしが立たねばならないのです！」

なるほど～。

俺様は、思わず膝を打ちそうになった。

こいつは、カイン様が王になる大チャンスだぜ。

カイン様の懐刀、ナンバー2の俺様としてはここで活躍しなくちゃな。

俺様はリディア王女とバルコニーでふたりっきりになると、単刀直入に告げた。

「リディア王女、もし王国の危機をなんとかしたいなら、俺様の親友、カイン・シュバルツ殿を結婚相手とするのが一番です」

「えっ、カイン・シュバルツ殿ですか……？」

リディア王女は、面食らった様子だった。

「そ、それは、お兄様の命令に従って、セルヴィア・フェルナンド殿をいじめているという、あの悪名高いカイン殿ですか？」

「あーっ、それはカイン殿、いや、カイン様が広めている偽情報です。何を隠そう、今回のアンデッド軍団討伐を成し遂げたのは、俺様でもフェルナンド子爵でもなく、カイン様なのです！」

俺様は堂々と胸を張って、真実を告げた。

カイン様より、遠征中はカイン様の名前を出すなと厳命されていたが、もう遠征は終わったから、名前を出してもＯＫなのだ。

「そ、それはどういうことですか!?」

リディア王女の驚愕は大変なものだった。目を白黒させている。

「あーっ、めんどくさいから、ここからは敬語はなしで良いですか、リディア王女？　俺様が忠誠を誓っているのは、カイン様であって王家じゃないからな！」

「ええっ!?　は、はい。もちろんです！」

俺様に頼るしかないリディア王女は、素直に首を縦に振った。

アヒャ、巨乳美少女のお姫様にこんなエラソーな態度を取れるなんて、めちゃくちゃ気分が良いぜぇ。

「カイン様の私設兵団を、俺様のオーチバル伯爵家の兵だと偽装して、フェルナンド子爵の援軍にしたんだ。それで、カイン様は、アンデッド軍団を操っていたアトラス帝国のアンジェラ皇女を倒して奴隷にしちまったんだ。あひゃ！　カイン様は、本当にすげぇぜ！」

「ア、アトラス帝国の皇女!?　まさか、今回のアンデッド災害の裏には帝国が!?　しかも、アンジェラ皇女を奴隷にした!?」

「アヒャヒャヒャヒャ！　その通り。俺様はカイン様のナンバー2として、それはもう大活躍したのだ！　アンジェラ皇女の【死霊騎士団】なんざ、チョチョイのチョイだったな！」

俺様はここぞとばかりに自慢する。

「そ、そうだったのですね!?」

リディア王女は感激した様子だった。

「ありがとうございます。帝国の野望を挫いていただかなかったら、本当にどうなっていたかわかりません！　ゴードン様だけでなく、カイン様にもなんとお礼を申し上げれば良いか！」

「しかーし！　カイン様はレオン王子に対して、たいそうご立腹だぜ。このままだと、王国で大きな反乱が起きるな！」

「それほど武勇に優れたお方が、は、反乱!?　ああっ、ど、どうすれば良いのですか、ゴードン様!?　わたくしはこの王国を守るためなら、なんでもします！」

リディア王女は俺様に取りすがってきた。

俺様の気分は、もう最高潮だ。

「決まっているじゃねえか。リディア王女がカイン様に結婚を申し込むんだよ。それで、王位をカイン様に譲れば万事解決！　カイン様は帝国を撃退するどころか、征服しちまうかもな！　アヒャヒャヒャ！　これで王国は安泰だぁ！」

「す、すごいです！　で、でも、カイン殿はすでにセルヴィア殿と婚約しておられるのでは？　それはさすがに無理があるかと……それにお父様はわたくしを帝国に嫁がせるおつもりなのですが……」

「帝国は和平なんぞ考えちゃいねぇから、政略結婚は無理だろうぜ！　それにカイン様の目的は王となること！　さらにはこの世界の覇者となることだ！　リディア王女が結婚を申し込めば、受け入れるに決まってるぜ」

「わ、わかりました！　では、まずは内々にカイン様に、今回のお礼と、結婚の申し込みをさせていただきます。正直にお話いただき、助かりましたゴードン様！　これでアルビオン王国は救われます！」

リディア王女は、感動して俺様の両手を握った。

うひょー、やわらけぇ。胸の谷間が。おっぱいでけぇ。

ああっ、まったく気分が良いぜ。

俺様は参謀として、カイン様の野望の実現に多大な貢献をしちまったな。俺様の手によって世界の歴史が大きく動いたのだ。

今夜は本当に最高の一夜だった。

7章　勇者アベル、カインに対抗心を燃やす

◇◇◇勇者アベル視点◇◇◇

「きゃあぁああああ。すごいわ、すごいわ、アベル！　大きくてキレイな建物がいっぱい！　ここが王都なのね!?」

「あぁっ……そうだね」

馬車から身を乗り出してはしゃぐソフィーを、僕は醒《さ》めた気持ちで見ていた。

僕は勇者アベル、15歳。なんの取り柄もないタダの村人として生まれたのだけど――

先日、突如として天使様が降臨されて、僕のことを魔王を倒す勇者だとおっしゃられた。

その瞬間、僕のレベルは99まで急上昇した。

１００以上の多種多様なスキルと、勇者にしか使えない伝説の光魔法をすべて習得し、一気

に人類最強にまで上り詰めてしまった。

その感動といったら、筆舌に尽くしがたかった。

『勇者アベル、10周目の世界にようこそ。ステータスをすべて引き継いだ状態でのスタートとなります』

天使様が何やら話していたけど、喜びのあまり聞き逃してしまった。

だって、幼い頃からずっと憧れてきた物語の主人公に——魔王を倒す勇者に、僕はなることができたのだから。

そう、なんと言ってもこの強さ！

村を襲った山賊どもを素手で殴り殺すことさえ、簡単にできた。光魔法を放てば、魔物どもはゴミクズのように消滅した。

村のみんなが僕を持ち上げ、勇者だと褒《ほ》めたたえた。

ハハハハハッ！

その瞬間、僕は理解した。

そうか、この世界は、僕のためにあったんだ。

「まさか、私たちが王子様に認められて、貴族になれるなんて信じられないわ！　近いうちに、お父さんやお母さんを呼んで、みんなでここで幸せに暮らそうね！」

幼馴染みのソフィーは満面の笑顔で、実にバカげたことを言ってきた。

はぁ？　レオン王子に認められて、貴族となるのはこの僕だぞ？

なんで、ソフィーのお父さんやお母さんを呼んで、一緒に暮らさなければならないんだ？

ソフィーは僕の恋人気取りで、僕と結婚するのが、当たり前だと思い込んでいるらしかった。

冗談じゃない。

王都にやってきて、よくわかった。

ソフィーを美少女だと思っていたけど、彼女程度の美貌の娘など、この華の都には吐いて捨てるほどいるのだ。

特に貴族令嬢はイイ。

気品があって華やかで、イモ臭い田舎娘などとは雲泥の差だった。

僕は勇者、しかも貴族となるのだから、ソフィーのようなクソ田舎娘が釣り合うわけがないだろう？

だから、今日限りでサヨナラすることにした。

「……ソフィー、まさかとは思うけど。子供の頃、戯れにした結婚の約束を真に受けているのかい？　だとしたら、笑えないよ」

「ふぇっ……？」

「残念だけど。君は勇者である僕のパーティメンバーにはふさわしくない、追放だ！」

「ちょ、ちょっと何を言っているのよアベル……!?　じょ、冗談だよね？」

ソフィーは、まるで何を言われたのかわからないといった様子だった。

ヤレヤレ、わざわざ説明しなければ理解できないなんて、頭の悪い女だな。

「君程度の魔法使いでは、僕の足を引っ張るだけだと言っているんだ。実際、なんの役にも立っていないだろう？」

「た、確かにそうかもしれないけど……！　わ、私はアベルのためにいっぱい努力して！　お料理や洗濯、荷物持ちだって！」

目に涙をいっぱい溜めて、ソフィーは慌てて縋《すが》りついてきた。

ソフィーは村一番の美少女で、両親を早くに亡くした僕の世話を何かと焼いてくれた。

朝、起こしに来てくれたり、ご飯を作ってくれたりした。

『もう、アベルは私がいないと、何もできないんだからぁ!?』

が、ソフィーの口癖だった。

それは、とてもうれしかったのだけど……正直、今となっては、ウザったいだけだ。

馬車から外を見ると、ちょっと前に王都をアンデッド軍団から救ったというフェルナンド子爵エドワードの銅像を建てているところだった。

「ちっ、何が【不死殺しの英雄】だ……ッ！」

僕は思わず舌打ちした。

「えっ？」

「足手まといのソフィーとなんてパーティを組まずにソロで活動していたら、1万5000のアンデッド軍団を倒すのは、この僕だったはずなんだ！」

そうすれば、国中に名声が轟いて大出世し、今ごろ理想のハーレム生活が送れていただろうに……。

「……ソフィー、僕はね。天使様から魔王を倒す勇者に選ばれたんだよ。その意味がわかるよね？」

「えっ？　でもアベルはアベルだよね!?　私の幼馴染みで、ずっと一緒に生活してきた！」

僕の全身に耐えがたい怒りがみなぎった。

ソフィーは僕のことを、勇者として覚醒する前のなんの取り柄もなかった男のままだと認識しているのか？

そんな無力な自分とは決別して、これからは栄光の勝ち組人生を歩んでいくんだよ。

もう昔の僕じゃないんだ。

「わ、私……もっとがんばるから！　もっとすごい魔法を使えるようになってみせるから！　必ずアベルの役に立つから！」

はぁ～、そういうことじゃないんだけどな。

まったく。肝心なことが、わかっていない。

物語の勇者は、見目麗しく特別な才能に溢れた美少女たちから愛されてハーレムを形成しているものじゃないか？

つまり、才色兼備でなければ、勇者であるこの僕とは釣り合わないんだよ。

ソフィーは長老から魔法の手解《てほど》きを受けていたこともあり、それなりに魔法が使えた。

そのため僕は、とりあえずソフィーとパーティを組み、村の周辺の魔物を駆除した。

その活躍の噂が広まり、レオン王子の目に留まった以上、もうソフィーは必要ない。

『貴様の光魔法で、余にかけられた回復阻害の呪いを解け。さすれば、男爵に取り立ててやろう！』

それが、レオン王子からの手紙の内容だった。

僕はレオン王子が寄越した迎えの馬車に乗って、こうやって王都までやってきたのだ。

「だって、私とアベルは大の仲良しで、将来は結婚しようって、誓い合った仲で！　だ、だから、アベルが勇者になっても、ずっとずっと一緒に……！」

「あぁ～、うぜぇ」

僕はソフィーを、馬車の座席から蹴り飛ばした。

「えっ!?」

信じられないといった表情のままソフィーはぶっ飛んでいき、フェルナンド子爵の銅像に激突して、派手にぶっ壊した。

「なんでお前程度の女と結婚しなくちゃならねぇんだよ、売女《ばいた》が。身の程を知れ」

国費で建設中の英雄像を壊せば、ソフィーは罪人として捕まるだろう。

見ればソフィーは頭から血を流して、グッタリしていた。

ふふふっ、これは、死んだかな？

いずれせよ、これでもうソフィーに女房気取りでつきまとわれる心配はない。

ああっ、せいせいした。

僕は清々《すがすが》しい気分で伸びをする。

「勇者アベル殿!?　い、今のは!?」

「気にしないでください。勇者である僕の将来性目当てのバカな女をお払い箱にしてやっただけです」

馬車の御者からの質問に、僕は鼻を鳴らして答えた。

「さ、左様でございましたか……！」

「レオン王子に取り立てていただいたら、僕にふさわしい清楚《せいそ》可憐で、かつ特別な美少女をパーティメンバーに紹介していただきたいですね。ああっ、できれば貴族令嬢とか、王女とか、そう伝説の【世界樹の聖女】とかだと最高です！」

僕は幸せな未来に胸を踊らせる。

「【不死殺しの英雄】か。ふん！　いずれ捻《ひね》り潰して、僕の方が優れていることを証明してやる！」

壊れた英雄像を眺めて、僕は吐き捨てた。
この時、僕は自分の栄光の人生を信じて疑わなかった。

エピローグ

王都の夜空に、盛大な花火が打ち上がっていた。大輪の華が次々に咲いては、夢のように儚《はかな》く、光の雫《しずく》を引いて消えていく。

「【不死殺しの英雄】フェルナンド子爵様、バンザーイ！」

「これからは化け物どもに怯《おび》えずに商売ができるぞ！」

「レオン王子なんかより、フェルナンド子爵様の方が、よっぽど頼りになるな！」

フェルナンド子爵軍の勝利を讃え、喜ぶ人々の熱狂が王都を席巻《せっけん》していた。

この花火大会は、宰相が国全体に新たな英雄の誕生を知らせ、国威高揚の戦勝祝いとして開催したものだ。

「みんな大喜びですね。これもすべてカイン兄様のおかげです。こんな日が来るなんて夢みたいです！」

俺はセルヴィアとふたりっきりで、お忍びで花火を見に来ていた。

仕方がないとはいえ、ここ最近は、ふたりっきりで過ごす時間を作れなかったからな。

セルヴィアは陰りのない輝くような笑みを浮かべている。前世から、ずっと俺が見たかったのは、この笑顔だ。

「いや、この花火を見られたのは、セルヴィアやランスロット、ゴードン、エドワード殿……みんなのおかげだ。正直、俺ひとりじゃ、ここまでやれなかった」

なにしろ、アンデッド軍団の統率者がアンジェラだなんて、全くの予想外だったからな。

みんなが死力を尽くしてくれたからこその勝利だ。

「いえ、お父様もおっしゃっておられました。カイン兄様だからこそ、みんながついてきたのだと。カイン兄様こそ、真の英雄だと」

「……俺はずっとセルヴィアに救われてきた。セルヴィアだけを救いたくて、無我夢中でやったことだ」

前世の俺の大学と自宅を往復するだけの無味乾燥した人生に、セルヴィアが意味を与えてくれた。

セルヴィアを幸せにしたくて、他のヒロインには目もくれず何周もゲームをプレイした。

だから……

「俺は英雄なんて、ガラじゃない」

「いえ、誰がなんと言おうと、カイン兄様は私の永遠のヒーローです。本来なら、この王都の歓声は、すべて兄様に向けられるべきものです」

セルヴィアは両手を合わせて祈るように俺を見上げた。

「私はカイン兄様と、この世界で巡り合わせてくれた神様に感謝します！」

それは、俺もまったく同感だな。

この世界に転生できたおかげで、オレはセルヴィアをこの手で救うことができた。もしそこに神の意思が介在するなら、神様にはいくら感謝してもしきれない。

「私の方こそ、カイン兄様の優しさにずっと救われてきました。今、こんなにも幸せすぎて……何もかも夢なんじゃないかと思えてしまうほどです。でも、この温もりは、やっぱり夢なんかじゃないんですね」

セルヴィアが、頰を染めながら俺にそっと寄り添ってきた。

「セルヴィア……」

俺もセルヴィアを抱き締める。

お互いの温もりが、今、この瞬間が紛れもなく現実であることを教えてくれた。

「夢じゃない。これからも俺たちは、ずっと一緒だ」

「は、はい……！　うれしいです」

前世でもそうだったが、セルヴィアと一緒にいると、その温もりによって、この世が悪意に満ちていることを忘れかける。

だが、残念ながらレオン王子の暗殺には失敗し、ヤツはまだ健在だ。

セルヴィアの父、エドワード殿は【不死殺しの英雄】となり、迂闊《うかつ》に手が出せなくなったとはいえ、レオン王子は、また何か仕掛けてくるだろう。いずれ完全に、ヤツを叩き潰さなければならない。

俺を殺す運命の勇者アベルも、やがて姿を見せるだろう。俺の予想通り、ここが周回プレイの世界なら、ヤツは最強のレベル99になっているはずだ。

もし勇者アベルが原作通り、俺たちの仲を引き裂こうとしてきたら、最大の脅威となるに違いない。

王国に侵略の手を伸ばす、帝国の存在も気がかりだ。なにしろ、アンジェラの父親である皇帝は、魔王を復活させようとしているのだから。

だけど……

「たとえ、何者が俺たちを引き裂こそうとしても、どんな悪意が襲ってこようとも、俺がセルヴィアを守り抜いてみせる」

「あ、ありがとうございます！　私も【世界樹の聖女】の力でカイン兄様を、お守りしてみせます」

セルヴィアが瞳を潤ませて俺を見上げた。

「聖女の力は、万人の幸福のために神様がお与えくださったもの。一個人のために使うことは本来、許されないのですが……私にとってカイン兄様より大切な人は、この世にいませんから。

私のすべてはカイン兄様のために」

強い愛情の籠もったセルヴィアの言葉に、俺は激しく胸を打たれた。前世も含めて、今までで一番、心が震えた瞬間だった。

「ありがとう。これからも、ふたりで力を合わせていこう」

「はい！」

俺が頭を撫でると、セルヴィアは嬉しそうに微笑んだ。

「ただ、今はまだセルヴィアが【世界樹の聖女】であることは秘密だし、教会に目を付けられても厄介だから、聖女の力の行使は程々にな」

「わかりました」

教会の教えでは、聖女がその力を個人の私利私欲のために使えば、神の怒りに触れて天罰が下るとされていた。

もっともこれは、教会が聖女の行動を律するために考えた作り話であると思う。【アポカリプス】のゲーム本編では、セルヴィアは勇者アベルのために、さんざん聖女の力を使っていたが、天罰など下りはしなかった。

ただ、勇者でもない俺が聖女の力を私物化すれば、世界が俺たちの敵に回る可能性があるだろう。それは避けねばならなかった。

「うわっ！　きれいですね。カイン兄様」

その時、ひときわ大きな花火が夜空に咲いた。

セルヴィアが感嘆の声を上げる。その顔は、世界の命運を左右する聖女というより、年相応の可憐な少女にしか見えなかった。

「ああっ、きれいだな」

賛同の声を上げつつも、俺はセルヴィアにこそ見惚れてしまう。

セルヴィアの方がよっぽどきれいだろうと思うが、さすがに照れ臭くて、その言葉は胸にしまった。

俺は、セルヴィアと共にある喜びを噛《か》み締《し》めながら、夢のように咲いては消える花火を見上げた。

あとがき

あとがきを読まれている方、はじめまして。

作者のこはるんるんと申します。

本書をお買い上げいただき、誠にありがとうございます。

本作は、第9回カクヨムWEB小説コンテストのプロ作家部門の特別賞を受賞して、書籍化されました。実は悪役転生というジャンルを書くのは初めてだったので、望外の喜びです。

ところで、あなたはゲームでかわいそうなヒロインが出てくると、救ってあげたくなりませんか？　なりますよね？

ただ、申し訳ないのですが、作中の全ヒロインと恋愛フラグを立てるハーレム系主人公に、真にヒロインを救うことができるかというと、残念ながら違うかなという気がしています。

もちろん、すべてのゲームユーザーのニーズに応えるために、全ヒロインと結ばれるフラグを作ることは、ゲーム的に重要なのは理解していますが……。

本当にその娘を大切に思うなら、すべての女の子に思わせぶりな態度は見せないと思うのです。

最初から、この娘だけを幸せにしようと誓い、それに向かって邁進《まいしん》する主人公こそ、真実の愛の体現者だろうと思って、本作を執筆しました。

本作の主人公カインは、本来はレオン王子に媚《こ》びを売る小物の悪役。勇者の当て馬でしかないのですが、ゲームを10周もして手に入れた知識で運命を覆します。

途中、アンジェラ皇女など、ハーレム要員っぽいキャラも登場して仲間にしますが、これはすべてセルヴィアと幸せになるために必要なことだからであって、他の女の子には一切、なびきません。

本来は結ばれることの無かったカインとセルヴィアがその想《おも》いを成就できるか、ぜひ続きもお読みになっていただけると、ありがたいです。

最後に、お世話になった方に謝辞を贈らせていただきたいと思います。

とてもかわいいイラストを描いてくださったイラストレーターのさくらねこ様。ＷＥＢ版の連載中に感想をくださった方々。担当編集者の西村様、小澤様、何より本書を手に取っていただいた、あなたに感謝を申し上げます。

本当にありがとうございました。

電撃の新文芸

勇者《ゆうしゃ》の当《あ》て馬《うま》でしかない悪役《あくやく》貴族《きぞく》に転生《てんせい》した俺《おれ》
～勇者《ゆうしゃ》では推《お》しヒロインを不幸《ふこう》にしかできないので、俺《おれ》が彼女《かのじょ》を幸《しあわ》せにするためにゲーム知識《ちしき》と過剰《かじょう》な努力《どりょく》でシナリオをぶっ壊《こわ》します～

著者／こはるんるん

イラスト／さくらねこ

2024年11月17日　初版発行

発行者／山下直久
発行／株式会社ＫＡＤＯＫＡＷＡ
〒102-8177　東京都千代田区富士見2-13-3
0570-002-301（ナビダイヤル）
印刷／TOPPANクロレ株式会社
製本／TOPPANクロレ株式会社

【初出】……………………………………………………………………………………………………
本書は、2023年から2024年にカクヨムで実施された「第9回カクヨムWeb小説コンテスト」で特別賞（プロ作家部門）を受賞した「勇者の当て馬でしかない悪役貴族に転生した俺～勇者では推しヒロインを不幸にしかできないので、俺が彼女を幸せにするためにゲーム知識と過剰な努力でシナリオをぶっ壊します～」を加筆修正したものです。

ISBN978-4-04-915987-5　C0093　Printed in Japan

ファンレターあて先
〒102-8177
東京都千代田区富士見2-13-3
電撃の新文芸編集部

「こはるんるん先生」係
「さくらねこ先生」係

Unnamed Memory I

青き月の魔女と呪われし王

著／古宮九時
イラスト／chibi

読者を熱狂させ続ける
伝説的webノベル、
ついに待望の書籍化!

「俺の望みはお前を妻にして、子を産んでもらうことだ」
「受け付けられません！」
　永い時を生き、絶大な力で災厄を呼ぶ異端――魔女。強国ファルサスの王太子・オスカーは、幼い頃に受けた『子孫を残せない呪い』を解呪するため、世界最強と名高い魔女・ティナーシャのもとを訪れる。“魔女の塔”の試練を乗り越えて契約者となったオスカーだが、彼が望んだのはティナーシャを妻として迎えることで……。

電撃の新文芸

植物魔法で気ままにガーデニング・ライフ
～ハクと精霊さんたちの植物園～

ちょっぴりチートで
おかしなガーデニングライフを
のぞいてみませんか？

五歳の誕生日に植物魔法のスキルを手に入れた、貴族にして転生者のハク。優しい家族に見守られ、かわいい精霊さんたちと野菜を育てたり、前世の夢だったローズガーデンを作ったり。清貧ながらも楽しく暮らしている。

そんなハクの植物魔法で、貧しかった領地の人々や家族もだんだん生活が楽になっていき――？　メルヘンな不思議植物園を舞台に、おかしな精霊さんたちに振り回されるハクと家族の、ほのぼのスローライフ。

著／さいき
イラスト／Ｔｏｂｉ

電撃の新文芸

ダンジョン付き古民家シェアハウス

著／猫野美羽
イラスト／しの

ダンジョン付きの古民家シェアハウスで自給自足のスローライフを楽しもう！

大学を卒業したばかりの塚森美沙は、友人たちと田舎の古民家でシェア生活を送ることに。心機一転、新たな我が家を探索をしていると、古びた土蔵の中で不可思議なドアを見つけてしまい……？　扉の向こうに広がるのは、うっすらと光る洞窟——なんとそこはダンジョンだった!!　可愛いニャンコやスライムを仲間に加え、男女四人の食い気はあるが色気は皆無な古民家シェアハウスの物語が始まる。

電撃の新文芸

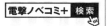

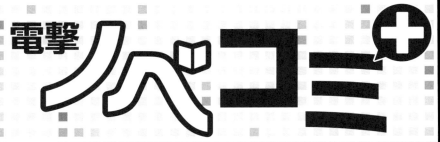

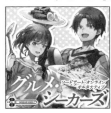

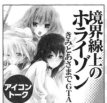

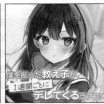

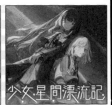

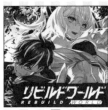

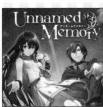

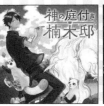

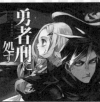